우리에게
커다란 행복이 드리우기를 바라며

가
_____

에게
_____

그게 너였으면 좋겠다

그게
너였으면
좋겠다

일홍 글 · 그림

FIKA

PROLOGUE

잠시 넘어져도 괜찮으니
당신의 따스한 꿈과
아름다운 사랑을
놓지 말아요.

오랜 시간 글을 써왔습니다. 그간 글의 방향도 여러 번 바뀌었습니다. 한때는 지금과 다르게 심오하고 난해한 글들을 즐겨 썼습니다. 이해하기 어려운 책들을 집어삼키듯 읽으며. 읽는 이의 입장보다는 저의 균열된 감정을 표현하는 데만 급급했습니다.

그렇게 나만의 세상을 추구하며 세상에 찌들어 지내던 어느 날, 누군가가 건넨 한마디가 지금 이 이야기를 나눌 수 있게 된 계기가 되었습니다.

본가인 구미에 잠시 내려가려던 어느 여름날, 무거운 캐리어를 끌고 지하철에 올라탔다. 지하철에는 사람들이 꽉 차 있어 앉을 곳도 기댈 벽도 없었다. 나는 캐리어 손잡이를 잡은 채 꼼짝없이 서 있을 수밖에 없었다. 달리는 지하철 안에서 수많은 사람들에게 둘러싸여 있어서인지 점점 속이 메스꺼워지며 식은땀이 흐르기 시작했다. 당장이라도 쓰러질 것 같았지만 어쩔 도리가 없었다. 기차역에 어서 도착하기만을 간절히 기다렸다.

'쾅!'

결국, 나는 의식을 잃고 쓰러져버렸다. 웅성거리던 지하철의 시간이 멈춘 듯 어떠한 소리도 들리지 않았고 눈앞이 하나도 보이지 않았다. 어지럽고 컴컴했다. 온몸에 힘이 빠진 나는 혼자 힘으로는 일어날 수가 없어 덜컥 겁이 났다. 때마침 누군가가 급히 달려와 지하철 바닥에 쓰러져 있는 나를 부축했다. 멍청하게 쓰러진 내가 창피했다.

"아, 제가 지금 왜 이러는지 모르겠어요. 정신이 없었나 봐요…. 죄송해요."

그러자 그녀는 우선 내가 앉을 자리를 마련하기 위해 소리쳤다.

"여기 이분 앉을 자리 좀 만들어주세요!"

혼미한 정신으로 비틀거리는 나를 부축한 사람은 작고 마른 체구를 가진 여성 분이었다. 나를 위해 외치고 있는 용감한 그녀가 나에게 이런 말을 반복해서 건넸다.

"괜찮아요. 잠시 넘어진 것뿐이에요.

괜찮아요. 잠시 넘어진 것뿐이에요.

괜찮아요. 잠시 넘어진 것뿐이에요.

조금 있으면 더 괜찮아질 거예요."

처음엔 제대로 들리지 않던 문장이

그녀가 연신 반복해서 말해준 덕에 점점 선명해졌다.

괜찮다고, 잠시 넘어진 것뿐이라고.

그녀의 부축 끝에 나는 가까스로 빈자리에 앉게 되었고 이내 지하철 문이 열렸다. 그녀가 곁에서 멀어져 지하철에서 내리는 듯할 때, 내 눈엔 서서히 빛이 들어오기 시작했다. 내 두 손엔 쓰러질 때 놓쳤던 가방과 캐리어가 들려 있었고, 주변 사람들은 말없이 자신의 휴대폰만 바라본 채 앉아 있었다.

이게 무슨 일일까. 내가 왜 쓰러졌을까. 그분이 나를 도와주지 않았다면 나는 계속 저 딱딱한 바닥에 누워 있었을까. 정말 다행이야. 너무 감사하다. 이 은혜를 갚아야 하는데.

잠시 넘어진 것뿐이라는 말 한마디가 없었다면 나는 내내 불안하고 창피했을 것이다. 그렇게 지하철에서 겨우 내린 후 에스컬레이터에 오르며 깨달았다.

'아, 그런 말들을 여태 밀어내곤 했지만 나도 사실 이런 말이 필요한 사람이구나.'

그 후 누군가에게 글로써 그림으로써 말해주고 싶었습니다. 잠시라도 마음에 닿을 수 있는 메시지를 많은 사람에게 전하고 싶었습니다. 그렇게 따뜻한 마음을 서로 나누며 곳곳에 다정한 세계가 열리길 바랐습니다.

막연히 스스로를 표현할 수 있는 출구가 필요했던 과거의 나를 넘어서 내가 표현하고 그려낸 것이 누군가에게 작은 '힐링'이 될 수 있다면, 혹은 설렘이나 위로가 될 수 있다면 더없이 행복하겠다는 생각이 들었습니다.

그런 마음으로 첫 책을 썼습니다.

수없이 넘어진 마음과
당신 덕에 일어날 수 있었던 나날들,
서로에게 힘이 되어준 그대에게 건네고 싶은 진심을 담았습니다.

이 책을 통해 그간 쌓인 모든 다정을 여러분과 나누고 싶습니다.

일홍 드림

CONTENTS

CHAPTER 2
열심히 살아왔고, 또 열심히 살아갈 당신에게

"이제, 당신의 밤이 그만 불안하기를"

"이토록 소소하고 완벽한 행복"

CHAPTER 1
네가 없었다면

"오늘같이 행복한 날을 상상만 하고 있었겠지"

CHAPTER 5
꽃이 져도 남는 것

"그게 사랑이었다"

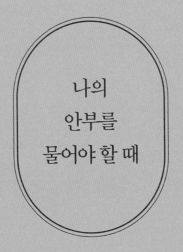

나의
안부를
물어야 할 때

●

CHAPTER
1

가지지 않아도 충분히 괜찮은,

나란 사람

당신으로서 가능한
삶

우리는 어쩌면
너무나 어려운 세상에 살고 있는지도 모르겠습니다.
하나라도 더 가져야만 행복한 줄 알았던 세상에서
애쓰지 않는 것은 나를 뒤처지게 만들었습니다.

열심히 달려보았지만
정작 사랑하는 이들에게 소홀해지기 마련이었고
뒤돌아보니 아쉬운 마음이 가득했습니다.
억지로 마주쳐야 하는 사람들과 애써 겪어내야 할 일들을
피하고 싶을 때도 많았습니다.

그럴수록 나에게만 집중하며 사는 것은 불가능하게 느껴졌습니다.
아주 어릴 적부터 수많은 경쟁을 거치며 자랐습니다.
이웃집 아들부터 같은 반 친구들,
그리고 셀 수 없이 많은 사람들.

매력적인 사람이어야 했고,
하는 일을 인정받아야 했으며,
누군가를 실망시키기 두려운 삶이었습니다.

그러니 타인과의 잦은 비교로 자신감이 낮아진 날이,
버리고 싶어도 채워지는 욕심을 탓하게 된 날이,
들키고 싶지 않은 모습이 내 안에 가득한 날이,
너무나 당연해진 건지 모르겠습니다.

우리가 어떤 미래를 살게 될지는 그 누구도 알지 못합니다.
하지만 좋아하는 일을 하며 사랑하는 이들을 곁에 두고
여백을 받아들이는 삶을 살고 싶습니다.

당신도 그러할 거라고 생각합니다.
당신을 애쓰게 하는 것들이 당연해지지 않았으면 좋겠습니다.

어쩔 수 없는 것들이 조금씩 줄어들길 바라겠습니다.
가지지 않아도 괜찮은 사람이면 좋겠습니다.
당신의 결핍을 용서하며 살아갔으면 좋겠습니다.

당신이 어떤 삶을 살아갈지
누구도 장담할 수 없지만
당신으로서 가능한 삶을 살아가길
바라겠습니다.

정작
나를 돌보지 못했던 날들

난 왜 이렇게 자존감이 낮을까. 왜 자꾸 다른 사람들과 비교하며 스스로 위축되는 걸까. 어떤 일에는 쓸데없이 자신감이 샘솟다가도 뒤돌아서면 한없이 못나고 부족하게만 느껴지는 나 자신이, 줄곧 다른 사람들의 눈치를 살피는 내가 요즘따라 더욱 볼품없이 느껴졌다. 남몰래 나를 깎아내는 마음만 커지고 있었다.

하지만 긍정의 힘이라는 게 괜히 있는 말이 아니더라. 내가 나를 얼마나 긍정적인 시선으로 바라보느냐에 달린 문제더라. 늘 다른 사람과 외부의 상황들을 미워하지 않기 위해, 싫어하지 않기 위해, 긍정적으로 바라보기 위해, 힘껏 애썼지만 정작 나를 그만큼 돌보지는 못했다.

이젠 나를 위해서라도 나를 더 다정하게 바라볼 수 있도록 노력해야지. 나에겐 내가 제일 소중하니까. 그래야 창밖에 존재하는 모든 것들도 온전히 바라볼 수 있을 테니까.

사실 우리는
스스로를 가장 사랑하고 있으니까.

쉽게 상처받는
여린 사람

쉽게 상처받는 사람들이 있어요.
작은 모서리에도 보드라운 피부가 스치면
흠집이 생기고 따갑게 느껴지듯
사소한 말에도 긁힐 때가 있어요.

마음은 아무리 굳은살이 생겨도
무뎌지기 힘든 것 같아요.
무뎌지는 일이 마음을 닫아버리는 일처럼
느껴지기도 하고.

시원시원하게 살아가고 싶지만
간단히 고쳐지지 않아요.
미움받는 건 여전히 두렵고
마음을 다칠 때마다 점점 낮아지기만 해요.

누군가를 미워하고 싶지 않아서
나를 미워하는 일이 생기고
누군가에게 사랑받고 싶지만
나 자신에게도 사랑을 주기 힘든
갑갑한 이야기.

당신이 그 이야기의 주인공이에요.

쉽사리 다치는 연약한 피부를 지녔지만
건네고 싶은 사랑을 가득 지닌 사람,
상처받긴 무섭지만
마음을 닫아버리진 않는
다정한 사람.

간혹 상대의 말에 마음이 다치더라도
그 사람을 미워하지 않으려고 몸부림치는 사람.

그런 당신이
누군가의 서투른 말과 행동 때문에
보드라운 피부를 상하게 두지 않았으면 해요.

당신의 조심스러운 마음을
배려하지 않는 사람들로 인해
쉽게 아파할 필요 없어요.

이 치열하고 차가운 세상에
당신처럼 따스한 사람이 존재한다는 사실만으로
고마울 따름이니까요.

다신 돌아오지 않을
오늘

여름이면 눈 내린 겨울이 그립고,
겨울이면 푸른 해수욕장이 그립다.

지나간 추억엔 그리움이 가득 배어 있다. 처음 좋아했던 같은 반 남
자애라든지, 지금은 사라진 TV 프로그램 〈무한도전〉과 해체해버린
아이돌 그룹이라든지, 자주 탔던 버스의 바깥 풍경을 바라보며 들었
던 음악이나 때 묻지 않고 순수했던 어린 내 모습과 젊었던 부모님
의 모습처럼.

자주 그리워하면 자주 슬퍼진다.
돌아갈 수 없는 시절은 특히 그렇다.

선연했던 기억들이 이제는 차츰 흐려지기 시작한다.
세월이 만든 새로운 기억들 아래로 희석되는 거겠지.

그래, 속절없이 그리워하는 것도
쓰러질 듯 추억하며 슬퍼하는 것도 이젠 그만해야지.

다시 고개를 돌려 지금 이 순간을 바라보아야지.
나의 가장 젊고 순수한 바로 이 시절을 만끽해야지.

추억하는 일도 좋지만
오늘의 행복을 남기는 일이 더 중요하니까.

다신 돌아오지 않을 오늘의 내 모습을
아낌없이 예뻐해줘야지.

마음의 상처

실수로 같은 곳을 또 다칠 때가 있잖아.
괜히 서럽더라. 나도 모르게 다쳐버리는 거.

아무도 탓할 수 없을 때.
나를 계속 탓하게 될 때.
딱지가 아물기도 전에 같은 곳을 다칠 때.
같은 이유로 마음을 다칠 때.

죽고 싶다는 말이
잘 살고 싶다는 뜻이겠지만

살고 싶지 않다는 말을 습관처럼 하는 친구가 있다.

아침에 힘겹게 일어날 때는 물론 일이 뜻대로 풀리지 않거나 만사가 귀찮을 때도, 하물며 어제보다 부은 얼굴을 마주할 때도, 그는 어김없이 살고 싶지 않다고 했다. 죽고 싶다는 말을 탄식하듯 내뱉었다.

그 말을 들을 때마다 나의 어두운 밤이 물밀듯 스쳐 지나갔다. 쇠약하고 무의미했던 나의 밤, 그렇게 반복되던 혹독한 시간들. 나 또한 증기처럼 사라지고 싶었던 때가 잦았으니.

당시 유독 괴로웠던 건 주저앉은 내 모습과 직면할 때였다. 불안을 티 내지 않고 살아가는 이들과 불행을 덤덤히 풀어내는 이들 사이에서 난 어디에도 속하지 못했다. 부끄러웠다.

그렇게 몇 해가 흘렀다. 꿈이 열 번은 더 바뀌었고 책장엔 계속해서 책이 쌓여갔다. 아무것도 하지 않았는데 자연히 단단해졌다. 시간이 흘러 나이를 먹고 예상치 못한 새로운 일을 하며, 좋은 사람들을 만나고 또 떠나보내며, 그만큼 좋았던 기억들을 간직하고 또 흘려보내며.

크게 기쁜 일도 무너질 듯 슬픈 일도 없었다. 종종 일기를 썼고 배달음식을 시켜 먹었다. 먹먹한 영화를 본 후 생각에 잠기다가 예능 프로그램을 보면서 언제 그랬냐는 듯 웃었다. 친구와 통화를 하며 물가를 산책하다가 귀여운 청둥오리 사진을 찍고, 오래전 다녀온 여행지의 사진을 찾아보며 그렇게 지냈다.

서툴고 부족한 날들은 많았지만, 대단히 잘한 일은 없었다.

헐렁하고 무거운 하루하루를
기꺼이 살아냈다는 게
어쩌면 내가 가장 잘한 일이었다.

밝은 사람

밝은 사람의
그림자는 더 길다.

그러니 밝아 보이는 사람을
마냥 부러워하지 말 것.

힘들지만 웃고 있는 당신을
혼자 내버려두지 말 것.

절대
잊지 말아야 할 것

괜히 먹먹해지는 요즘,
잠시 잊고 살았던 것들.

바로 지금, 가장 예쁜 나이의 예쁨을 알기.

과거나 미래에 붙잡혀 살지 않기.

스트레스를 안으로 밀어 넣으며 방치하지 않기.

내 곁에 남은 사람들과 내 곁이 되어줄 사람들에 대한
감사함을 잃지 않기.

후회보다는 반성을,
비교보다는 용기를.

내게 이로운 감정들을 내 안에서 키워나가기.

행복이 있는 사람에게는
어떤 고난이 닥쳐도 남다른 경험으로 바꿀 힘이 있음을 알기.

듣고 싶었던 말들을 스스로에게 해주기.

내 인생은 소중하니까.

조급한 마음은
잠시 내려놓기

내일도 별반 다를 거 없는 하루일 테고
다음 날도 그렇게 흘러가겠지.

시간은 야속하게 흐르는데
나는 너무 느리게 걷는 것만 같았어.

하지만 어쩔 거야.

나는 내 보폭에 맞게 걸을 뿐이고
언젠간 도착할 거니까.

누군가 내 옆을 뛰어가더라도 급해지지 않으려고.

나의 지금은
젊고 마땅하니까.

경험이
풍부한 사람이 되길

더 많이 경험하고 싶다. 경험이 많다는 건 그만큼 많은 사람들과 만나 감정을 공유해왔다는 것. 다양한 위치에 있는 이들의 목소리를 들으며 좁은 세상에서 가졌던 편견을 부수며 지냈다는 것. 두려웠던 길을 무수히 걸어봤다는 것. 주어진 선택에 따르는 무게를 수없이 감당해왔다는 것. 올바른 신념과 삶의 근거를 가지기 위해 노력했으며 무엇보다 바르게 사랑할 줄 알고 제대로 싸울 수 있다는 것.

그렇게 지나온 희로애락이 풍부한 사람, 더욱 넓은 세상을 가진 사람이 되자. 어제보다 더 따뜻하게 안아줄 수 있는 오늘을 살자. 겪어본 사람만이 느낄 수 있는 이야기를 스스로 채워가며, 어느 것도 헛되이 쓰이지 않음을 경험하며 살자.

깊은 우울 속으로
빠져버리는 날

살아 있는 게 끔찍하게 싫었다.

아침 햇살이 방 안으로 들어오는 순간부터 새벽 공기가 몸속을 가
득 채울 때까지 사라지고 싶다는 생각뿐이었다. 나 없이도 달라질
게 없을 공간들과 잘 살아가고 있는 사람들 사이에서 조용히 증발
하고 싶은 기분. 온전하지 못했던 나는, 내가 가진 불행과 설움을
계속해서 되뇌었다. 살아야 하는 이유들을 지우기만 했다. 더욱 깊
은 어둠 속으로 빠질 수밖에 없도록 자력을 짓눌렀다. 누군가에게
힘들다고 털어놓아도 원하는 대답이 돌아올 리 만무했다. 음울한
노래에 갇혀 우울한 생각만을 이어갔다.

어두운 시절들을 멋지게 이겨낸 적은 아직도 없다. 지금 생각해도 가여워서 동아줄을 내려주고 싶지만, 그래도 참 잘 겪었다. 죽을 만큼 힘든 날은 또 올 테고, 살아지지 않는 허무한 날도 찾아오겠지. 하지만 이제는 안다. 힘든 감정을 애써 무시할 수 없어도, 버틸 여력이 남아 있지 않아도, 굳이 이겨내지 않아도, 결국은 살아낼 거라는 걸.

그 시절을 아련히 추억하며 다시 미소 지을 날이 올 거라는 것을 안다.

기억해야 해.
내 마음이 한때는 참 괜찮았다는 걸.
앞으로도 괜찮은 날이 올 거라는 걸.

그 시절이 없었다면

저물지 않는 낮이 없듯
저물지 않는 새벽도 없다는 것을.
지겹게 오던 비도 언젠간 그친다는 것을.

그토록 애쓰며 살던 당신이
난관에 부딪히거나 실수를 저질렀을 때,
서럽게 울며 출구를 찾아 헤맸을 때,
그 어떤 날보다 더 많은 걸 느낄 수 있었단 것을.

앞이 흔들리고 빛이 보이지 않던 시절이 없었다면,
이 모든 소중함을 느끼지 못한 채
당연해지는 것들이 얼마나 많았을지 모릅니다.

내가 만족하는 삶

예전엔 반짝이는 대리석이 깔린 크고
호화로운 집으로 이사하는 게 꿈이었습니다.
작은 원룸과 저렴한 옷들을 그만 벗어내고 싶었습니다.
그저 멋있어 보이는 값비싼 물건들을 나의 취향이라 여기며
욕심낼 때도 많았습니다.

내가 좋아하는 것보단 남에게 잘 보이려는 물건들로
결핍을 채우고 싶었던 적이 많았습니다.
그래야만 어디서든 당당할 수 있을 것 같았습니다.
해로운 욕심들이 커질수록 내 안의 나는 작아지고 있었습니다.

하루는 근처 서점에 들러 책 한 권을 산 후
꽃집에서 이름 모를 꽃을 한 아름 골라 집으로 돌아왔는데,
이상하게도 모든 걸 가진 기분이었습니다.

힘들게 모아서 사야 하는 값비싼 물건이 아닌데도
그 무엇보다 값지고 애틋하게 느껴졌습니다.
잘 씻은 화병에 꽃을 나누어 꽂고,
새로 산 책에서 풍기는 낯선 종이 냄새를 맡았습니다.

그러고는 오래전 읽었던 책들을 하나씩 꺼내어 펼쳐 보았습니다.
어린 내가 밑줄을 쳐놓은 문장들이
나를 또 반성하게 만들었습니다.

이제야 알았습니다.

사실 나는 따뜻한 원목을 좋아하고, 올드팝과 재즈를 애정하며,

세련되고 큰 레스토랑보단 작고 아늑한 카페를 사랑한다는 걸.

서투른 편지에도 기뻐할 순수가 아직 남아 있다는 걸 느꼈습니다.

오랜 이야기가 담긴 물건들을 버리지 않고

모아두는 내 모습을 보며 깨달았습니다.

누군가에겐 화려하고 넓은 고층 아파트가 어울릴 수 있겠지만

내겐 정이 깃든 빨간 벽돌의 소박한 주택이 어울린다고.

내가 정말 만족하는 것들이 내 안에 모이다 보면

어디에서도 행복하고 당당한 사람이 될 수 있다고.

나의 만족이 진정한 행복이라고.

마음에도
체력이 있어서

봄이면 모두가 행복해 보여서
여름이면 더위에 지쳐서
가을이면 떨어지는 낙엽처럼 쓸쓸한 마음에
겨울이면 한 해가 지나간다는 헛헛한 기분에
자주 무기력합니다.

마음 갈 곳이 없고
허전하며 답답한 삶입니다.
어떤 것도 나를 치유할 수 없을 것만 같습니다.

마음이 아픈 겁니다.
몸이 아플 땐 마음대로 몸이 움직이지 않는 것처럼
마음도 마찬가지입니다.

그간 힘든 일이 많았죠.
아무리 주변에 사람이 있어도
쓸쓸한 세상은 계속되니까요.
행복한 날도 잠시인 것처럼 느껴질 거예요.

이제 반대로 생각해봅시다.
잠깐이었다 한들 행복한 날들이 있어 소중했고
그 순간은 앞으로 살아갈 힘을 줍니다.
또 쓸쓸한 세상이지만
주변을 둘러보면 소중한 사람들이 많죠.
힘든 날도 곧 지나갈 거예요.

다행입니다.
내 마음은 내가 어떻게 생각하느냐에 따라
회복할 수 있으니까요.
내가 스스로 약을 지어줄 수 있으니까요.

그러니 오늘 하루 웃을 일이 없었다고 해도,
아무것도 하기 싫은 날들의 연속이라고 해도,
괜찮습니다.

힘든 생각들로 인해 잠시 머무르는 중이니까요.
지금은 조금 쉬어가도 돼요.
마음에도 체력이 있어서
쉬지 않고 달린다고 모든 걸 이뤄낼 수는 없어요.

오롯이 쉴 수 있는 시간을 만들어주세요.
그래야 다시 나아갈 수 있습니다.

우린
앞으로도 살아가야 하니까.

나의 안부를 물어야 할 때

좋은 일이
생길 거야

반드시 마음먹은 대로
말하는 대로 될 것이다.

그러니 부디 희망찬 마음과
긍정적인 언어로 가득한 하루를 보낼 것.

우리의 바람이 현실이 되도록
작은 습관부터 이뤄나갈 것.

내게 없는 것을 비관할 게 아니라
내게 있는 것을 더 사랑해줄 것.

좋은 생각이 좋은 일을 만든다는 걸
거울 보듯 자주 되새길 것.

나의 안부를 물어야 할 때

너를 위한 순간이
올 거야

새로운 나를 위해 첫발을 내딛자. 지나간 일들에 대한 후회는 지금은 아무런 소용이 없으니 내일을 위해 마음을 다스리자. 과거는 배움을 위한 것이지 집착하고 씨름해야 하는 것이 아니라잖아. 실수에 연연하는 것 대신 인정하며 시작하자. 도전이 시작되면 스트레스를 받을 수도 있고 부담감에 잠 못 이룰 수도 있어. 하지만 그것 또한 내가 능숙해지고 나아지기 위한 과정이라 생각하자. 용기를 가지자. 쓸데없는 걱정하지 말자. 네가 걱정하는 일은 어차피 일어나지 않을 거야. 자라나기 위한 걱정과 힘듦은 잠시 견디기로 하자. 모든 건 성장통이니까. 우리에겐 적응하고 변화할 수 있는 에너지가 있어. 힘든 감정은 원동력이 될 거야. 지금도 시간이 지나가고 있어. 시간이 지나고 나면 네 차례가 올 거야. 그땐 준비해, 선물을 꺼낼 준비.

우리의 꿈을
놓지 말자

나는 원체 글 쓰는 걸 좋아했다.

한때는 훌륭한 시인이 되고 싶어서 내도록 읽고 탐구하며 글만 쓴 해도 있었다. 여전히 마음속에서 그 꿈을 내보내지 못하고 있지만, 당시엔 그렇게 열심히 써도 읽어주는 사람은 몇 없었다. 물론 등단도 내겐 어려운 일이었다. 글로 밥벌이하는 현실을 꿈꾸는 건 정말이지 쉽지 않았다. 좋아하는 것과 잘하는 것을 이제라도 구분하고 디자인에만 몰두해야 하나, 고민은 갈수록 깊어졌다.

그사이 나는 모아뒀던 돈으로 유럽여행을 다녀왔다. 넘치도록 아름다운 풍경과 날씨, 두고두고 기억하고 싶은 낭만을 느끼며 한 달을 유랑했다. 그날 프라하의 어느 성벽에서 문득 한국으로 돌아가면 그림을 그리겠노라 다짐했다. 하고 싶은 말들을 그림으로 그려보자고.

한국으로 돌아와 어떻게든 시간을 쪼개어 그림을 그리기 시작했다. 이 길로는 제발 잘 풀렸으면 좋겠다는 희망을 품고 있던 찰나, 내게 한 친구가 직격탄을 던졌다.

"너 글 쓸 때도 그랬잖아. 근데 잘 안 풀렸잖아."

아무도 알아주지 않는데 또 혼자 아등바등할까 봐 걱정이 되어 한 말일 수도 있지만, 그 말이 내겐 절망적이었다. 한 길이 잘 안 풀린 다고 해서 다른 길까지 희망이 없는 건 아닐 텐데…. 그럼에도 나는 친구의 말에 아무런 대꾸를 하지 못했다.

대답하지 못한 한마디를 가슴에 품은 채 몇 년이 지났다. 감사하게 도 그간 오래도록 꿈만 꾸었던 일들이 현실로 펼쳐졌다. 그림으로 꾸준히 활동하며 돈을 벌고, 번 돈으로 오랜 로망이었던 작업실을 마련했다.

얼마 전엔 우연히 고등학교 동창과 연이 닿았다. 그 시절 내가 참 부러워했던 친구, 내 눈엔 항상 빛이 나던 친구. 그녀는 현재 싱어송라이터로 활동하며 음악을 하고 있다고 했다. 친구의 음악을 찾아 들으며 이런저런 이야기를 나누었다.

어디로 향하는지
알 수 없는 말들과
목적 없는 걸음
아 우리 같은 사람들
아 우린 같은 사람들
내가 틀리지 않을 수 있을까요

_이고도, '우리 같은 사람들' 중에서

"주연아, 이번 노래 정말 좋다. 네가 부르는 노래를 듣는 게 난 왜 이렇게 고마울까. 특히 가사도 너무 좋아. 넌 어릴 때부터 진짜 멋있어서 눈길이 갔어. 내가 속으로 얼마나 부러워하고 좋아했는지 몰라."

"그렇게 들어줘서 다행이야…. 난 지은이를 떠올리면 그동안 얼마나 노력했을까, 하는 생각에 정말 멋있고 존경스러워. 너 그거 기억나? 우리 옛날에 택시 타고 집에 가던 날, 나중에 커서 뭘 하고 싶은지 얘기했었는데."

"아, 그래? 나 기억력 진짜 안 좋잖아. 내가 뭐라고 그랬어? 디자이너? 쇼핑몰?"

"아니, 막 쑥스러운 표정으로 사실 소설가가 되고 싶다고 그랬어. 그 말이 난 아직도 기억에 남더라. 그래서 내심 진짜 좋아. 네가 계속 그림을 그리고 글을 쓰고 있어서!"

"진짜 하나도 기억 안 난다. 내가 그런 말을 했었다니…. 나도 기억하지 못하고 있던 꿈을 대신 기억해주는 친구…. 덕분에 나 오늘 정말 따뜻하다. 주연아, 우리 앞으로도 느리고 재밌게 살자."

나의 안부를 물어야 할 때

"느리고 재밌게…."

"아, 아닌가? 아니다, 빠르게 크자!!!"

"하하, 아니야 지은아. 뭔가 좋아서 읊
조린 거야. 그래, 느리고 재밌게, 우리
꿈을 놓지 말자."

잊지 마.
세상엔 나의 꿈을
박차는 사람도 있지만.
남몰래 응원하고
지지해주는 사람도 많다는 것.
아무리 바람이 불고
나무가 흔들리더라도
주저하지 않을 수 있도록
서로의 꿈을 응원하자.
그렇게 천천히 즐기며 살아가자.

Chapter 1

그때 죽었으면
어쩔 뻔했어

흔히 말하는 머리 좋은 친구인 혜린이와 꿈만 크고 노력은 하지 않던 나, 우리 둘은 매일 밤 우울을 나누던 사이다. 싸이월드가 한창 유행하던 시절, 밤마다 채팅창을 켜고 서로의 불행을 나누며 더욱 돈독해졌다. "왜 사는 걸까 우리는." "그러니까 귀찮아 죽겠어." 살고 싶지 않은 두 명이 모여 살지 않아도 될 이유를 쌓아가며, 급기야 학교를 내팽개치고 바깥으로 나돌기 시작했다. 노는 게 지겨워질 때까지. 살고 싶어질 때까지.

그로부터 몇 달 후 혜린이와 나는 죽기로 결심한다. 우리가 사라지면 모든 걱정도 불안도 사라지겠지. 귀찮은 일들도 이젠 없어지겠지. 모아둔 편지를 전부 버리고 사진첩에 있던 사진을 남김없이 지우며, 살아온 흔적들을 하나둘 없애며.

추운 겨울, 우리는 떨어질 옥상을 찾아다녔다. 고통을 참을 용기는 없고, 무서운 건 많고, 아픈 것도 두려웠던 우리.

"저 위에서 한번에 떨어지면 덜 아프겠지?" "맞아, 최대한 높은 건물을 찾자." 굳게 닫힌 건물들 중 문이 열려 있는 옥상 하나를 발견한 우리는, 모두가 잠든 새벽이 되길 기다리며 이런저런 상상을 다 해보다가, 결국 잠들었다. 죽어버린 게 아니라 정말 잠들어서 죽지 못했다. 지금 생각하면 어처구니없는 상황이지만 신기하게도 그 후론 죽고 싶은 마음이 사라졌다. 원래 그럴 용기조차 없었는지도 모르지만.

당시엔 어떠한 삶의 의욕도 생기지 않았지만
지금은 왜 우리가 그토록 사라지고 싶었는지 기억도 나지 않는다.
이제는 별것 아닌 일이 되어버려서일까.

그렇게 세월이 흘렀다.
싸이월드는 수많은 청춘들의 추억과 흑역사를 간직한 채 추락하였고, 최저시급은 두 배가 넘게 뛰었으며, 번거롭게 엠피스리를 들고 다니지 않아도 되는 모바일 시대가 왔다.

당시 고등학교를 자퇴했던 혜린이는 필리핀으로 어학연수를 떠났고, 한국에 돌아와서는 검정고시 성적으로 대학에 들어간 후 대기업에 입사했다.

회사생활도 몇 년을 하니 점차 적응이 되어 만족스럽게 다닌단다. 퇴근 후엔 매일 운동을 하고 맛있는 저녁을 먹으며 평범하고도 행복한 일상을 보낸다고.

나는 고등학교를 겨우 졸업하고 삼수 끝에 대학에 들어갔다.

대학에선 못다 한 꿈을 이루기 위해 고군분투했으며, 현재는 한때 꿈이었던 일러스트 작가로 살아간다. 아직도 가끔은 우울하지만 그래도 잘 지내고 있다.

우리가 이만큼 행복을 느낄 수 있게 된 건
그날의 방황을 후회하지 않기 위해
수없이 나를 돌보고 이끌어왔기 때문 아닐까.

이제야 우리는 그 시절을 떠올리며 말한다.

"우리가 그때 죽었으면 어쩔 뻔했어.
생각보다 잘 살아가고 있잖아."

나의 안부를 물어야 할 때

열심히
살아왔고,
또
열심히 살아갈
당신에게

●

CHAPTER
2

이제,

당신의 밤이 그만 불안하기를

바쁘게 살아온 당신

동건이는 학교에 가기 위해 이른 아침부터 깼다. 피곤하다. 주영이는 며칠 전 남자 친구와 헤어졌다. 북적한 지하철에서 몰래 슬프다. 은지는 네일파츠를 붙여서 손톱에 머리카락이 낀다. 그래도 참는다. 주희는 오늘도 닭가슴살 샐러드를 챙겨 작업실로 왔다. 질리지만 살을 빼야 한다. 엄마는 일하느라 바쁜 나를 위해 걸고 싶었던 전화를 참고 휴대폰을 내려놓는다. 아빠는 온종일 제대로 먹지 못한 밥을 저녁이 돼서야 급히 먹고, 텔레비전을 보며 말없이 누워 있다. 다음 날의 출근을 위해서.

자신만의 편안을 포기하고,
좀 더 나은 내일을 위해 바삐 살아온 곳곳의 조각들.

가끔 중심을 잃고 흔들리거나,
주변이 텅 빈 것처럼 느껴져도,
그럴 수 있다고 그럴 만하다고
그래도 잘해왔고 잘하고 있다고 이야기해줄 수 있는 건,

인고의 순간들을 무사히 통과하여
소중한 무언가를 위해 부단히 애쓴 시간 덕분에
오늘의 당신이 이만큼 성장했기 때문이다.

오늘은 당신에게 힘내라는 말보다
이젠 힘을 좀 빼도 된다고,
많이 참고 사느라 고생했다고 말하며
안아주고 싶다.

괜찮아,
울어도 돼

평펑 울어야 괜찮아질 때도 있어.
힘을 내려면 힘이 있어야 하는데
너는 네 힘듦을 꾸역꾸역 참느라
온 에너지를 다 써버리잖아.

참지 말고 울어버리자.
울어도 돼.
괜찮아, 지금은 울어도 괜찮아.

소중한 친구에게

요즘 진짜 우울했는데,
우울하다고 말할 수 있는 사람이 있어서 다행이야.
난 사실 아무것도 아닌 사람이거든.
생각보다 밝지도 않고 꿋꿋한 사람도 아니야.
그런데 너는 내가 어떤 모습이든 항상 이해해줘.

아무리 친한 사이라도 괜히 멀어질까 봐
나를 다 드러내기 어려웠는데,
너는 내가 다 말하지 않아도 먼저 알고 표현해줘.
힘들 때 찾게 되는 친구가 아니라
힘든 걸 알고 찾아와주는 친구.
도와달라는 말보다 고맙다는 말부터 나오게 만드는 사람.
때론 이렇게 사랑이 많은 네가 부럽고 존경스러워.

나도 사람에게 이렇게 완전한 진심을 느낄 수 있구나 생각했어.
그러니까 이젠 너도 혼자 앓지 말고 내게 나눠줘.

오늘처럼 같이 떨쳐내자. 맘껏 울어도 되고, 웃어도 돼.
네가 슬플 땐 같이 슬퍼해주고 네가 기쁠 땐 같이 기뻐해줄게.
너라면 아무렴 괜찮으니까.

열심히 살아왔고, 또 열심히 살아갈 당신에게

외로워지는 이유

세상엔 너무나도 다양한 사람들이 살아간다는 것에 새삼스럽게 놀라다가도, 사람 사는 게 결국 다 비슷하구나, 하고 느끼게 될 땐 이유 모를 무력감이 든다. 예컨대 다른 사람들도 다 이렇게 산다느니 혹은 다들 그러고 사는데 왜 나만 이렇게 사는 걸까, 하는 생각이 들 때. 사람마다 느끼는 감정이 다르고 버틸 수 있는 한계가 다르듯 어떤 괴로움은 내게 평생 깨지지도 물러지지도 않고 들러붙어서 아무리 덮고 덮어도 가시처럼 튀어나와 나를 괴롭힌다. 잘 지내다가도 느닷없이 찾아오는 링반데룽에 지쳐버리는 요즘. 지나온 날들은 여전히 그립고, 그리워할 수밖에 없는 현실이 쓸쓸하고, 보이지 않는 미래가 무섭고, 그렇다.

불안하고 갑갑한 속내를 버티며,
겉은 멀쩡한 삶을 살아내는 것.
그것이 무탈하게 지내온 오늘의 밤이
결국 외로워지는 이유다.

인생이
재미없게 느껴질 때

뭘 해도 의욕이 생기지 않고, 흥미를 잃어버리는 시기가 있다. 하고 싶었던 일들이 이젠 도무지 하고 싶지 않고, 소용없는 일처럼 느껴질 때. 아무것도 하기 싫어서 누워 있다가도 불안에 못 이겨 억지로 일어서야만 할 때. 모든 신경을 끄고 그만 푹 쉬고 싶을 때. 왜 살아가고 있는지, 무엇을 위해 아등바등 지내고 있는지 혼란스러운 시기가 모두에게 찾아온다는 걸 알면서도 나만 도태된 것처럼 느껴질 때. 하루하루를 억지로 버티는 기분이 나아질 수 있도록 또 혼자 이것저것 고민하며 막연한 내일을 상상할 때.

어느 봄날의 추억

해가 진 어느 봄날, 나는 그간의 작업 파일이 모두 담긴 USB를 분실하여 대학교 곳곳을 돌아다니다 포기한 채 학과실로 들어가려던 참이었다. 망연자실한 표정으로 복도를 걷는데, 고등학교 친구인 주경이에게서 전화가 왔다. 주경이는 어릴 적부터 배우가 되기 위해 쉬지 않고 달려온 친구다. 학교를 마치면 매일같이 기차를 타고 타지에 있는 연기학원을 오가던, 부지런하고 열정적이며 독한 친구.

그녀는 나의 안부를 묻고는 시시콜콜한 이야기를 시작했다. 나도 사소하게 이야기를 이어갔다. 전날 헤어진 나의 오랜 남자 친구에 대하여, 반 고흐와 윤동주의 짧고 긴 예술에 대하여.

서로가 무너질 듯 슬퍼하고 있다는 걸 알면서도 그날 우리는 아무렇지 않게 깔깔 웃으며 대화를 나누었다. 때마침 옥상 아래에서 라일락 향기가 풍겨왔다. 날 이해한다는 듯 감싸는 포근한 향기.

그날 어디에선가 잃어버린 나의 USB는 결국 찾지 못했다.
주경이가 그날따라 왜 그토록 힘겨웠는지도 다 알지 못한다.
우린 서로의 이유 모를 슬픔을 봄바람에 게워냈다.

그로부터 1년 후, 주경이에게서 느닷없이 메시지가 왔다.

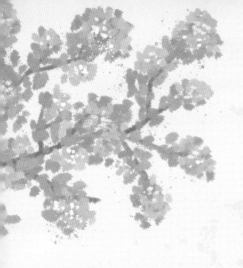

"나는 널 생각하면 미웠던 순간도 있고 걱정되던 순간도 있고 내가 더 다가가지 못하고 도움이 되지 못해서 미안했던 순간도 있어.

가장 고마웠던 순간은 작년 초에 너랑 통화했을 때야. 봄이었는데 너무 답답해서 도저히 혼자 가만히 있을 수가 없더라. 그래서 너한테 전화하면서 라일락꽃 매만지던 기억이 나. 지나가는 사람들이 쳐다봐도 라일락꽃만 만지면서, 제어 안 되는 감정을 너한테 쏟아부었던 기억. 요즘 그때 생각이 간간이 나는데 너한테 무척 고마워. 그때 네 생각이 난 것도 고맙고 네가 내 전화를 받아준 것도 고맙고 별말은 안 했어도 그냥 계속 통화해준 것도 고마워.

그래서 정말 고맙고 사랑한다고, 앞으로 네 앞에 무슨 일이 있어도 잘 해결해나가길 진심으로 응원한다고 말하고 싶었어."

그녀의 긴 메시지를 한참 보다가, 그날의 봄을 상기한다.

라일락은 매년 봄마다 짙은 향기로 코끝을 간질인다. '첫사랑, 젊은 날의 추억'이라는 꽃말을 가진 라일락. 그날 주경이가 멍하니 매만 지던 라일락 꽃잎, 내가 옥상에서 맡던 라일락의 포근한 향기, 우리 가 대화를 나누며 터뜨렸던 무성의 울음, 봄밤의 날씨, 나와 그녀가 나눈 젊은 날의 추억, 그리고 나의 첫사랑.

넌
충분히 잘하고 있어

같은 학과를 졸업했지만 전공을 포기하고 새로운 길을 찾아 달리던 친한 동생이 메시지를 보내왔다. 그녀는 오랫동안 하고 싶었던 일을 하기 위해 치열한 하루하루를 살고 있었다. 자신이 남들에 비해 늦었다고 생각했기 때문이다.

"언니, 요즘은 정말 바쁘고 힘들어서 지쳐 있었는데 다행히도 기운 나게 하는 일들이 계속해서 생기더라.
이를테면 잠도 제대로 못 자고 겨우 학원에 간 날, 선생님이 시킨 걸 열심히 따라 하고 있는데 뒤에서 '와, 너무 잘했어요.'라고 칭찬을 해주는 거야. 그 말을 듣는데 갑자기 정신이 번쩍 들더라고. 사실 칭찬받을 만큼 잘하진 못했거든. 그런데 사소한 말 한마디가 그날 하루를 버티게 해주더라.
그래서 문득 나도 언니에게 말해주고 싶었어. 언니도 너무 잘하고 있다고. 내겐 너무 멋진 언니라고."

걱정하지 않아도 돼.
너 너무 잘하고 있어.
다른 사람들이 알아주지 않아도 열심히 살아가는 네겐
스스로 이겨내야 하는 무거운 날들이 많았을 텐데.
억지로 웃어야 하던 날도
괜찮지 않지만, 괜찮아야 하는 날도 많았을 텐데.

너를 놓지 않고 살아줘서
희망을 안고 걸어와줘서
진심으로 고마워.
역시 넌 정말 멋진 사람이야.
충분히 잘하고 있으니 걱정하지 않아도 돼.

내가 지쳤을 땐,
상대방도 지쳐 있을 거래.
그러니 조금만 더 견뎌보자.
이제껏 버텨온 싸움 끝엔
홀가분한 네가 서 있을 거야.

너의 슬픔도
웃을 수 있도록

그거 알아?

네가 다른 사람들보다
유독 우울한 날이 많은 것 같고,
취향들마저 어둡고 우울해서
자칫 그런 사람으로 살아가고 있겠지만,

넌 사실 밝은 게 더 잘 어울려.

암막커튼으로 해를 모두 가린 어두컴컴한 방보다
따사로운 햇볕이 방 안을 비추고
상쾌한 공기가 들어왔다가 나가는 곳.

정지된 화면처럼 캄캄해서 보이지 않는 곳보단
네가 가지고 있는 색을 여기저기 묻히며
웃을 수 있는 곳이 더 잘 어울려.

네 웃음은 세상에서 제일 아름다우니까.

네가 가진 섬세하고 깊은 감성이
더 밝은 힘을 받을 수 있도록,
이제 커튼을 걷고
웃고 싶은 만큼 웃어줘.

네가 가진 아픔들도 몰래 웃을 수 있게.

참 예쁜 당신

넌 정말 예뻐.

네 존재 자체로도
너무 예쁜데,

너만의 성격, 너만의 표정과 분위기,
다른 사람들한텐 없는
너만 가진 매력들이
내 눈엔 엄청 예뻐 보이는데,

너의 예쁨을 너만 몰라.

그랬던 적이 있다

불현듯 내가 저지른 실수가 떠올라 혼자 부끄러워한 적이 있다. 만약 되돌아간다면 절대 마음 주지 않을 것 같은 사람에게, 그땐 뭐가 그렇게 좋았는지 온종일 설레본 적이 있다. 또 그땐 뭐가 그렇게 서러웠는지 온종일 슬퍼했던 적이 있다. 이미 늦었다는 생각에 도전하지 못했던 것들도 많지만, 세월이 흐른 지금은 정말 늦어버린 것 같다. 아직 늦은 게 아닐 수도 있는데. 사는 게 귀찮아서 죽어버리고 싶었던 적이 있었고, 인간관계에 스트레스 받기 싫어서 모든 고리를 끊어버리고 싶었던 적이 있었다. 그렇게 깊은 외로움을 감추며 살아간 적이 있다. 그리고 아주 평화로운 여행지로 훌쩍 떠나 모든 근심을 떠나보내고 싶을 때도 있다.

바로 지금처럼.

Chapter 2

너는
소중한 사람이니까

그 누구도 너를 함부로 판단할 자격은 없어.

너의 배려를, 너의 다정을, 네가 가진 이야기들을,
멋대로 해석하고 판단하는 사람들에게
네 소중한 시간을 쏟지 마.

그들이 삐딱한 걸음으로 걸어갈 때,
너는 너답게 걸어가면 되는 거야.

네가 걷는 길에는 분명 너의 진심을 믿어주고
더 나은 내일을 응원해주는 이들이 기다리고 있을 테니까.

때론 조금은 뻔뻔해도 돼.
너는 네가 지켜야 하니까.

그러니 절대 너의 빛을 잃지 마.
네가 찬란하고 소중한 사람이란 걸
절대 잊지 마.

불안한 요즘

요즘 많이 불안하지?

네 뜻대로 되었던 날이 가물가물하고 과연 잘하고 있는 건지, 언제까지 이렇게 살아가야 하는지, 답이 당장 나오지 않는다는 것을 알기에 물어볼 곳도 기댈 곳도 없이 혼자 불안을 안고 있을 거야. 속이 꽉 막혀 있을 땐, 괜히 세상이 더 넓고 무섭게 느껴지는 것 같아. 평소보다 빨라지는 심장 박동만큼 두려운 잡념이 나를 삼키는 기분. 여유롭고 편안하게 살아가는 사람들의 겉모습이 눈에 계속 밟히고 너는 구석에서 초라하게 홀로 세상과 싸우는 기분. 불안에 떨고 있는 시간이 몹시 미워서 그게 되풀이되는 날들이 네겐 큰 고통일 거야.

하지만 너도 알듯이 지금은 꿈을 찾아가는 과정이기에 곧잘 흔들릴 수 있어. 그럴 땐 네 마음속에 멋진 상상을 그려줘. 잘 이겨낸 네 모습 말이야. 아무도 알 수 없는 너만의 화사한 답을 마음속에 그려놓고 '괜찮아. 할 수 있어. 잘하고 있어.' 네 심장을 향해 속삭여줘. 누구도 너를 비난할 수는 없어. 모두가 불안을 겪고 있으니까. 너의 따뜻한 손으로 네 흔들리는 마음을 천천히 쓰다듬어주면 점점 편안해질 거야. 앞으로도 그렇게 괜찮아졌으면 해.

불안한 만큼 절실한 너니까.
네가 그려놓은 상상을 결국엔
현실로 바꿔놓을 멋진 너니까.

잘하고 있는 걸까

해야 할 것 같아서 열심히 하고는 있지만
과연 내가 잘하고 있는지 모르겠다면,
단 한 가지가 그걸 증명해줄 거예요.

사소하더라도 스스로 나아지고 있는 점을 찾아보는 것.
예전보다 조금이라도 부지런해졌다면,
조금이라도 실력이 향상되었다면,
당신은 잘하고 있는 거예요.

만일 나아지고 있는지 도무지 모르겠다면
나아지게 만들면 돼요.
사람이 변하려면
목표를 향하여 걷는 하루하루를
습관화시키는 게 가장 중요해요.

가식이었던 친절도 여러 번 반복하다 보면 습관이 돼요.
베푼 만큼 돌아오는 친절이 내면에 쌓이게 되니까요.
그건 곧 당신이 꿈을 위해 시간과 노력을 베푼 만큼
응당 돌아오게 될 거란 말이겠죠.

작은 성공이 쌓여 큰 성공을 만든다고 하잖아요.
오늘은 일어나서 이부자리를 깔끔히 정리했다든가,
알람을 듣고 한번에 일어났다든가.
그렇게 나아질 때까지 조금 더 꾸준히 견뎌보도록 해요.
실패에 대한 트라우마는 이제 지워버리세요.

견디다가 안 되더라도
최선을 다했다면
기필코 또 다른 길이 열린답니다.

우리는 평생
나 자신을 만들어가는 과정 속에 있으니,
미완성인 당신을 더 잘할 수 있도록 북돋워줄 수 있는 건
당신뿐이에요.

오늘은 오늘 하루만,
내일은 내일 하루만,
하루씩 스스로와 한 약속을 지키도록 해요.
작은 약속이라도 괜찮아요.

잠자리에 들기 전,
"오늘 참 잘 살았다. 고생했어."
라고 말해줄 수 있다면
당신, 충분히 잘하고 있는 거예요.

꾸준히 이겨낸다면
훗날, 어떤 힘든 일이 찾아오더라도
쉽게 무너지지 않는 힘이 생길 거예요.

아무것도 하기 싫을 때

나 요즘 정말 아무것도 하기 싫어.
원래 이렇지 않았는데, 나 왜 이러는 걸까.

너 원래 그랬어.
하지만 항상 잘 버텼지, 독하게.

뭘 해도 성공할 내 친구.

남의 말에
너무 휘둘리지 않기

당신이 처한 일 앞에서
다른 사람들의 말에 너무 휘둘리지 말아요.

헷갈리는 선택일지라도
눈치 보이는 상황일지라도
가끔은 당신을 믿고
뻔뻔하게 밀고 가보는 것도 필요해요.

후회를 하든 원망을 하든
누가 뭐래도 당신의 인생이에요.

아무도 대신 책임져주지 않아요.
그러니 들어야 할 말과 흘려들어야 할 말을
잘 구분해야 해요.

당신의 선택은 늘 최선이며
당신에겐 그만한 힘이 있다는 걸
의심하지 말아요.

당신의 밤이
그만 불안하기를

당신은 정말 열심히 살았어요.
다시는 돌아가고 싶지 않은 날이 수두룩하고
마음 놓고 쉬어본 게 가물가물할 만큼.

홀로 긴 복도를 걸어가는 어린아이처럼
울부짖어도 듣는 사람이 없었던 이 세상에서
외롭고 느린 싸움이 이어지는 날들이지만,
때론 큰 진전 없이 흘러가는 시간을
감당하기 벅찰 때도 많았지만,
당신의 밤이 그만 불안하길 원해요.

웃을 땐 한없이 예쁘고
슬플 땐 그마저도 애틋한 당신.
내가 아끼는 당신.
잘 살아왔다고 정말 기특하다고
토닥여주고 싶어요.

모두가 부러워하는 삶이 아니어도
그려놨던 꿈이 당장 이루어지지 않더라도
아무렴 어떤가요.
앞으로도 열심히 살아갈 당신인데요.

우리에겐
오늘이, 올해가
마지막이 아니니
불안하고 완전한 당신과 내가
못다 한 꿈을 이룰 때까지,

우리, 함께 웃으며 천천히 걸어가요.

보이지 않는 마음

한 친구가 내게 부럽다고 말한다. "할 말 다 하는 네가 부러워." "시원하게, 재치 있게 받아치는 네가 부러워." 이런 소리를 종종 들었다. 내가 쉽게 꺼내지 못하고 담아둔 말들을 그들이 알 수는 없겠지만 나 또한 그들의 내면을 속속들이 알지 못하기에, 여전히 우린 조금씩 서로를 속단한다.

아무리 측근일지라도 우린 서로를 다 알지 못한다. 너의 해맑음 속에 어떤 슬픔이 있는지, 너의 한 가지 고민 뒤에 얼마나 수많은 고민들이 붙어 있을지, 어떤 설움이 쌓여서 그렇게 갑자기 울어버린 건지 나는 다 알지 못한다. 예전엔 이 사실로 인해 미망에 빠지기도 했다. 나는 나도, 그 누구도 제대로 알 수 없구나.

한 인간을 몇 줄의 문장으로 명료하게 정의할 수 없듯 어떤 누구도 섣불리 판단할 수 없다. 어쩌면 이 때문에 우리가 서로를 조심스레 배려하고, 미워하고, 사랑하며 다양한 관계 속에 얽혀서 살아갈 수 있는 게 아닐까.

하고 싶은 말이 많은 나와 당신들, 모두 속 시원히 털어낼 수는 없겠지만 부디 초연하게 살아가기를. 서로의 깊은 불안과 비밀들까지 안아주면서. 보이지 않는 마음까지 헤아려가면서.

비밀

상대가 드러내지 않는 건
애써 드러내고 싶지 않다.

어항 속 불안한 물처럼
나는 그저 곁을 조용히 지켜주고 싶다.

곁

나와 주파수가 맞는 사람이 있다.

그들과 같은 공간에서 경건해질 때,
어떤 침묵이 흘러도
마음이 시끄럽지 않다.

힘들면 놓을 줄 아는 용기도
필요하더라

나와 안 맞는 사람을 끝까지 참고 견디면
그게 좋은 사람인 줄 알았어.

그 관계 때문에 내가 얼마나 괴로워하고 있는지 알면서도
나만 참으면, 견디면,
그러면 언젠가 좋아지지 않을까, 희망을 품었어.

지칠 수밖에 없는 상태로 끌고 갔던 거지. 애석하게도.
좋게 생각하려고 노력하면 괜찮아지지 않을까, 기대하면서.

하지만 견디기 힘든 사람과는 결국 끝이 보이더라.

힘들면 놓을 줄 아는 용기도 필요하더라.
나를 위해서.

당신을 위한 시간

시간이 야속하게 느껴지기도 하지만
어차피 계속 흘러갈 시간이라면
아낌없이 맘껏 쓰길 바라요.

당신의 꿈을 이루려면
치열하게 살아야 하는 세상이지만,
좋은 사람들과 사소한 추억도 쌓으며
간간이 해맑은 웃음을 짓길 바라요.

그리고 아프지 말아요.

내일의 당신이 어떤 표정일지,
앞으로 다가올 일들은 어떤 모양일지,
당장은 알 수 없지만
오늘까지의 당신은 참 아름다웠어요.

따뜻하고 다정한 당신,
당신에게 흐르는 모든 시간을
더욱 아끼고 보살피기로 해요.

어제보다 더 사랑할 수 있는
당신이 되길 바라요.

멋지게 살아온 당신,
앞으로는 많이 행복할 거예요.

그러니 슬퍼하지 말아요.

시간을 돌리고 싶은
순간도

나는 잘할 수 있을 거라고
용기를 내다가도
과연 내가 잘할 수 있을까,
노심초사하게 된다.

첫 강연을 할 때의 이야기다. 이제 막 일러스트레이터로서 활동하기 시작했을 때 큰 행사의 강연을 하게 되었다. 내가 가장 두려워하던 일 중 하나에 도전한 셈이다. 소심한 내가 혹시 관중들 앞에서 실수라도 할까 봐, 몇 주 내내 거울 속 나를 바라보며 준비하고 또 준비했다.

하지만 결국 나는 기대한 만큼 해내지 못했다. 강연 시작 전부터 눈 밑에서 경련이 일었다. 의자에 앉은 사람들은 하나같이 무표정한 얼굴로 나를 바라보았고 내 몸은 사시나무 떨듯 덜덜 떨며 말하고 있었다. 식은땀이 내내 흐르고 머리가 하얘졌다. 강연이 시작되자마자 망했다고 생각했다. 미숙한 나에게 실망했고 모두에게 창피했다. 역시 드라마 속 주인공의 반전 같은 이야기는 내게 펼쳐지지 않는구나. 나, 정말 별거 없는 사람이구나.

그 후 오래도록 그날의 강연이 트라우마로 남아서
머릿속에 떠오르기라도 하는 날이면 얼굴이 화끈거렸다.
비록 꿈꾸던 강연은 아니었지만,
두려움을 극복하고 용기 있게 도전했고
끝끝내 잘 마무리했는데도 불구하고,
그때는 뭐가 그리 부끄러웠을까.

살다 보면 마음처럼 풀리지 않아서 무력하고 서러울 때가 종종 찾아온다. 해결하지 못하고 지나친 서러움. 그런 찰나는 오래오래 기억되어 시간을 돌리고 싶게 만든다. 그 누구도 기억하지 않았으면하는 순간, 나조차도 잊어버리고 싶은 순간.
다행인 건 그런 순간도 살다 보면 잊고 싶지 않은 날이 온다는 것. 기억하며 살아가다, 언젠가는 그때의 안쓰러운 나를 안아줄 날이 온다는 것. 강연에서 덜덜 떨던 내 모습을 이제는 웃으며 떠올릴 수있는 것처럼.

무력하고 서러운 순간들,
나조차도 잊어버리고 싶은 순간들,
잊지 말아요.
그런 순간도
웃으며 떠올릴 수 있는 날이
온다는 걸.

이 순간은
미래의 내가
그리워할
바로 그 순간이
될 테니

CHAPTER
3

이토록 소소하고 완벽한

행복

좋은 관계

저마다 다른 기준을 가지고 살아간다.

당신과 나는 청소의 기준도 다르며 의리의 기준도 다르다. 꿈의 기준도, 음악을 느끼는 기준도, 농담과 패션의 기준도 달라서 당신과 내가 함께 남긴 흔적들 속엔 사사로운 갈등이 존재할 수밖에 없다. 빈틈없는 갈등 속에서, 서로를 이해하고 존중하는 것은 내가 당신의 기준을 괄시하지 않는 것으로부터 시작한다.

서로의 다름을 인정하는 것부터
상대의 기준을 업신여기지 않는 것부터
좋은 관계는 시작된다.

숨겨놓았던 꿈

나의 꿈을 향해 달린다는 이유로
당신의 꿈은 미처 묻지 못했어요.

초등학생 때부터 중학생이 되어서까지 서예를 배웠다. 내 생에 가
장 오랫동안 다닌 학원을 꼽으라면 바로 서예학원이다. 딱딱한 먹
을 갈아서 멀건 먹물을 만들고, 얇은 화선지에 차분히 글자를 써
내려가는 것. 같은 문장을 마음에 들 때까지 여러 번 반복해서 쓰
다가 완벽한 한 장을 건져내는 건 더없이 소중한 성취감이었다.

부모님은 어려운 형편에도 내가 배우고 싶어 하는 것이라면 지원
을 아끼지 않으셨다. 사고 싶은 외투를 참아가며, 제대로 된 커플링
하나 없이 자식들을 위해 기꺼이. 나는 알면서도 모른 체했다. 내
욕심은 철이 없었다.

어느덧 나도 어른이 되었다. 어렸던 시절을 떠올리며 살아가는 어른. 남 일 같았던 주름이 내 얼굴에도 차츰 생기기 시작했고, 부모님도 그 세월 동안 함께 늙어갔다. 내내 젊을 줄만 알았던 부모님 얼굴엔 그간 고생한 흔적들이 묻어 있고, 고왔던 손은 잔뜩 주름져 있다. 당신들을 더 챙기지 못해 겁나는 날들. 아직도 챙김을 받고 있는 철없는 큰딸.

하루는 엄마와 통화를 하다가 나중에 하고 싶은 게 있는지 물어보았다. '하고 싶은 거 내가 꼭 하게 해줄게. 지금까지 나를 믿어줬던 만큼 이젠 내가 다 해줄게.' 하는 마음으로.

> *"엄마는 그런 거 없어. 건강만 하다면 지금처럼만 지내도 충분해. 그런데 아빠는 은퇴 후에 서예를 배우고 싶다더라. 하고 싶은 게 좀 있나 봐."*

뒤통수를 세게 두들겨 맞은 기분이었다. 내가 질리도록 배울 수 있었던 것을 당신은 오래도록 미루고 참아왔구나. 아빠의 소박한 꿈을 내가 이제야 물었구나. 내가 너무도 늦게 알았구나. 엄마와의 전화를 끊고는 한참을 울었다. 내 물음에 엄마는 또 바라는 게 없다고 답하는구나. 내 삶의 이유이자 내 노력의 원천인 당신이 나에겐 아직도 건네려고만 하는구나.

이젠 내가 다 하게 해줄게.
덜 참고 살 수 있도록
내가 아낌없이 노력할게.

한여름 밤의 꿈

할 수 있다는 말이 사라지면
앞으로 여름은 오지 않을 거야.

우리가 그려왔던 계절이 올 수 있도록
나는 할 수 있다고,
우리는 할 수 있다고.

요즘은 매일
같은 고민을 해

"오 년 후에는 같은 고민으로 속앓이하지 않았으면 좋겠다."

이렇게 말하며 친구와 거리를 걸었다.
그로부터 오 년이 지난 지금,
그때와는 사뭇 다른 삶을 살고 있지만
또 다른 고민이 펼쳐지기 마련이다.
동그라미, 세모, 네모, 각기 다르게 흩어진 생각들을
하루하루 선택하고 책임지며 또 살아가야겠지.

이제는 부지런히 고민하도록 내버려두기로 했다.
상념에 사로잡혀 있는 나를 받아들이기로 했다.
언젠가 이 모든 게 별거 아닌 일이 될 테니까.
너에게 연락을 할지 말지 고민하던 모습이 흐려진 것처럼,
온 신경을 다해 젓가락질을 연습하던 오랜 날처럼,
모르게 지나갈 일이 될 테니까.

소소하고 완벽한
행복 챙기기

오늘의 행복이 중요해요. 설령 하루 종일 개떡 같았대도 오늘 하루를 어떻게 마무리할지는 나에게 달려 있어요. 망친 것처럼 느껴졌던 하루도 내가 어떻게 만들어주느냐에 따라 행복해질 수 있어요. 내가 좋아하는 향이 번지는 초를 켜고, 침대에 누워서, 시원한 맥주 한 캔을 마시며, 좋아하는 배우가 나오는 드라마나 영화를 보는 것. 아껴둔 책 한 권을 꺼내어 천천히 읽어보는 것. 나만 볼 수 있는 일기장에 혼자 실컷 떠들어보는 것. 조금은 먼 곳의 빵집에 가서 좋아하는 빵을 하나 사서 돌아오는 것. 이렇게 나의 행복을 직면하는 일들을 하며 나만의 평안을 누려야 해요.

저는 요즘 휴일엔 청소를 해요. 옷이든 뭐든 방바닥에 다 꺼내놓고는 '와, 이거 진짜 큰일 났다.' 하며 차례대로 정리해요. 하나씩 하나씩 치우면서 후회도 하고 선택도 하며. 분주히 정리하다가 잠시 쉬는 시간엔 마음에 걸리던 일들을 떠올려요. 그러고는 또다시 정리를 하죠. 가구나 소품의 배치를 바꾸거나 냉장고부터 창틀까지 말끔히 청소하기도 해요. 청소를 마치면 침구류를 세탁하기 위해 밖을 나서요. 세탁방에서 침구가 세탁되고 건조되는 동안엔 평소 자주 가지 않았던 카페에서 아메리카노를 한잔 하는 거예요. 그렇게 멍하니 시간을 흘려보내요. 그럼 마음이 절로 편안해져요. 집 안 곳곳을 청소하며, 그간 묵힌 푸념들도 함께 정리된 듯 가벼워지는 거죠. 말끔하게 청소가 되어 있는 집에 들어와서 샤워를 하고 단정한 이불에 누우면 그야말로 지상낙원. 요즘은 이게 저의 소소하고 완벽한 행복이에요.

당신의 행복은 무엇인가요. 기분 좋아지는 순간이 언제인가요. 만일 어쩔 수 없이 버티고 참아야 하는 시기를 지나고 있다고 해도 무조건 소소한 행복 하나씩은 찾아서 누렸으면 해요. 내 미래를 위해 작은 행복들마저 챙기지 못한 채 지나친다면, 얻는 것만큼 잃는 것도 많아지는 법이에요. 그래서 더 불안해질 수도 있어요. 그러니 조금씩, 자주 행복한 사람이 되세요. 그 누구도 아닌 나만의 행복이 무엇인지 찾아주세요. 그러다 보면 더 나아질 거예요.

가끔은 불안과 타협하며 행복을 느끼고 살아도 돼요.

피곤하고 지쳐서
기쁜 일에 기뻐할 만한 기력이 없다는 건
안타까운 일이에요.
눈앞의 작은 행복을 품을 수 있는
빈틈 정도는 남기고 살아요, 우리.

조금씩 자주

행복한 사람이 되기를.

유독 그런 날

잔뜩 울고 싶은 날이다.
베개가 젖도록 흘러내리고 싶다.
더 슬프고 싶다.
내가 없는 세상으로 견인되고 싶다.
난 왜 계속 살아질까.

스스로를
가두지 않아도 돼

다 그렇게 살아가더라.
쉽게 말했던 일들도 정작 본인이 겪으면
어떻게 해야 할지 어려워하며,
그렇게 어려웠던 일들도 시간이 흐르면
점점 잊힌다는 걸 느끼면서 말이야.

누구나 한번쯤은 주변의 기대를 저버릴 수 있고,
나도 모르게 누군가에게 실수를 하기도 하고,
연인 혹은 친구, 그리고 수많은 사람들에게
상처를 받기도 하면서 살아가잖아.

어긋난 관계에 자책하고,
누군가를 원망하고 미워하며,
초조하게 시간을 흘려보내기도 하잖아.
그러다 생각처럼 마음이 따라주지 않는다는 걸
깨닫기도 하고 말이야.

이 순간은 미래의 내가 그리워할 바로 그 순간이 될 테니   137

나를 미워하는 사람이 있으면 나를 좋아하는 사람도 있고,
노력한 만큼 좋아지는 관계가 있는 반면,
노력해도 마음처럼 되지 않는 관계도 있어.

좋은 관계만 가지고 살아갈 수는 없더라.
안 맞는 사람을 모두 끊어내며 살아가다간
결국 누구와도 맞출 수 없는 혼자가 될 테니까.

갈등을 겪고 아픔을 느끼면서,
또 그 안에 있는 다정을 느끼면서,
점점 방법을 찾아나가는 거겠지. 감정도 경험이니까.
가는 사람을 붙잡기도 하고,
가버린 사람을 미련하게 그리워하기도 하면서.

새로운 사람을 만나 마음을 다쳐본 적 없다는 거,
그게 과연 좋은 인생일까.
그게 과연 쿨한 사람일까.

그냥 똑같이 겪으며 순리대로 살아가는 거야.
주어진 사랑을 인정하고, 상처를 인정하면서
아프면 아파하고, 좋으면 좋아하면서 말이야.

그러니 애써 쿨한 척, 강한 척, 네 감정을 가두지 않아도 돼.

스스로 인정하지 않는 사람은
절대 다음으로 넘어갈 수 없는 법이니까.

너무
애쓰지 않아도 돼

신경 쓰이는 마음을 아무것도 아닌 것처럼 접어둘 수 있는 사람이었다면 애초에 신경 쓰지도 않았겠지. 질긴 관계를 쉽게 끊어낼 수 있는 사람이라면 누가 말하지 않아도 진작 끊어냈을 테고. 고민을 오래, 생각을 깊게 하는 너라서, 많은 게 간단하지 않을 거야. 하지만 결국 모든 일은 자연스럽게 해결될 거고 네 뜻대로 나아질 거야.

그러니까 조금씩, 천천히.
괜찮아, 너무 애쓰지 않아도 괜찮아.

관계에 대하여

나와는 달라서 끌렸던 사람과도
결국 너무 달라서 충돌하고
나와 닮아서 정이 갔던 사람과도
결국 너무 닮아서 더 멀어질 때가 온다.

나와 안 맞는다고 생각했던 사람과
많은 비밀을 나누는 사이가 되기도 하고,
둘도 없이 친했던 친구와 한순간에 앙숙이 되기도 한다.
우린 서로를 너무 잘 안다고 생각했는데.

같이 있으면 즐거웠던 그 애를
이토록 힘겨워하게 될 줄 몰랐고,
믿었던 네가 이렇게 실망스러워질 줄도 몰랐다.

인간관계는 세월이 지나도 쉬워지지 않고
매번 비슷한 혼돈으로 찾아온다.

이젠 돌이킬 수 없어진 관계들이 쌓여갈수록
새로운 관계에서의 기대는 줄어들고
누군가와 가까워지기도 전에
먼저 거리를 둘 때도 많다.

그럴수록 곁에서 나를 오래도록 지켜본 이들에게
하고 싶은 말이 많아진다.
가끔 바보같이 굴 때도
조금 이기적으로 굴 때도
그것마저 이해해줘서 고맙다고.
내 곁에서 나를 늘 좋은 사람으로 바라봐줘서
정말 힘이 난다고.

나도 앞으로 당신을 더 이해하고 사랑하며
많은 것을 나누겠다고.

그 힘으로 새로운 관계에서도
더 많은 다정을 나누겠다고.

편안한 존재들

괜히 마음이 편해지는 것들이 있다.

통장에 돈이 다행스러울 만큼 채워져 있을 때,
베개 옆에 책 한 권이 놓여 있을 때,
사랑하는 사람의 말투가 곁을 감쌀 때.

하지만 나를 편안하게 만드는 존재들이
나를 가장 불안하게 만들기도 한다.

지나간 시절

그리운 마음이 치밀어도 다시는 못 보는 사이가 되기도 하고,
영영 안 볼 것처럼 하던 사람에게도
태연히 안부를 묻고 싶은 날이 오기도 한다.
보잘것없던 일들을 떠올리며 오랜 시간 추억에 잠길 수도 있고,
지겹게 먹던 음식이 오늘따라 사무칠 수도 있다.
이해하지 못했던 것들이 점점 이해되기도 하며,
미처 하지 못했던 말들이 뒤늦게 맴돌기도 한다.
지나간 시절이란 게 그렇다.

내 안의 스트레스
비워주기

내 안에 담긴 스트레스는 내가 비워주지 않으면
괜찮아야 하는 순간에 갑자기 터져버린다.

적당한 스트레스는 받아내고 해소하며 살아가는 게 삶의 순리라
지만, 별수 없이 스트레스를 짊어져야 할 때가 많다. 아끼는 물건을
잃어버렸을 때. 아끼던 사람을 잃었을 때. 잊히지 않는 걸 잊어야만
할 때. 용서해야 할 때. 기억해야 하고, 노력해야만 하는 새벽이 사
라지지 않을 때. 걷는 길이 깜깜하게만 느껴질 때.

코로나19 팬데믹으로 인해 어디도 맘 편히 가지 못하고, 누구도 자
유롭게 만날 수 없던 날. 몇 해 전 다녀온 유럽의 거리와 당신과 보
낸 크리스마스를, 그날 따뜻한 재즈바에서의 공연을 하염없이 떠올
리고 있던 날. 그날은 유독 감당하기 어려운 스트레스에 일분일초
가 갑갑했다. 난 도대체 무얼 위해 사는 걸까. 이렇게 지내는 게 맞
는 걸까. 이 모든 부정적인 감정을 해소해야만 했다.

묵묵히 검은색 레깅스와 맨투맨을 꺼내 입고 검정 패딩과 마스크를 걸치고 밖을 나섰다. 차가운 거리를 뛰어야지. 한적한 골목 사이를 배회하다가 드넓은 하천을 따라 달려야지.

시간이 늦어서인지 그날따라 내가 걷는 길엔 사람이 단 한 명도 없었다. 따뜻한 입김을 바깥으로 하얗게 뱉으며 달리고 또 달렸다. 어떤 걸림돌도 없이 길게 난 하천을 무작정 뛰며 엉겨 붙은 감정을 거칠게 내뱉었다. 하, 이제 좀 살 것 같아. 괜찮아, 난 괜찮아.
아무 생각 없이 뛰다 보니 돌아갈 길이 아득히 멀게만 보였다. 숨을 헐떡이며 바라본 길에는 여전히 아무도 없었다. 한밤중 세상에서 홀로 뛰고 있는 듯한 쓸쓸함과 이 하천의 주인공이 된 듯한 묘한 짜릿함이 번갈아 스쳐갔다. 걸음을 돌려 다시 집으로 향했다. 호흡이 안정되고 있었다.

조급함과 게으름 사이에서 방황하던 나의 일상이 지극히 평범하고 지겹게 느껴지는 시기가 있다. 그런 날이면 소소한 자극과 자기 규제가 필요하다. 숨이 차오를 때까지 뛰거나, 눈이 부어오를 때까지 울거나. 그러고 나면 비로소 가벼워진다. 그간 쌓인 찌꺼기들이 모두 털려나간 것처럼.

겹겹이 쌓인 스트레스는 바깥으로 내던지고,
그 안에 남은 나의 긍정들을 보듬어주기.

그렇게 일상의 숨통을 열어주어
남은 시간을 가볍게 걸어갈 수 있도록.

유년

비고 비어서 희고 흰 옛날의 언어.

처음인 식사처럼 흘리던 밥풀처럼
어리숙하고 부족하던 시절은 참 예쁘다.

낡아도 고칠 게 없다.

작은 행복으로도
괜찮은 세상

매번 느끼는 거지만, 세상 사는 일이 마음처럼 잘 풀리는 건 정말 드문 일이에요. 드라마나 영화 속 주인공의 아슬아슬한 도전은 결국 감동적인 해피엔딩이던데, 현실의 나는 왜 이리 매번 속상한 결과로 이어지는지. 다 좋은 경험이라 생각하고 살아가려 해도 아쉬운 것들투성이에요. 그래도 요즘은 다행히 웃게 하는 일들이 많이 생기더라고요. 귀여운 강아지만 보아도 미소가 지어지는 것처럼. 생각처럼 잘되는 일들은 드물지만, 이렇게 가끔 생각지 못한 작은 미소가 지어질 때는 이 정도 행복만 안고 살아가도 괜찮을 것만 같아요. 때론 단순해지는 게 최고일 때도 있고. 가장 중요한 건 나의 영화는 아직 끝나지 않았다는 거니까.

마음에도
환기가 필요한 날

어떤 말도 힘이 되지 않는 요즘. 힘들고 지치는 시기엔 내 안에 있는 걱정들이 사그라들고 숨통이 트일 때까지 혼자 있을 시간이 필요하다. 그저 아무 말없이, 아무 감정 없이, 멍하니 마음을 추스를 시간. 아무도 나를 방해하지 않는, 누구도 나를 모르는 시간. 나는 그 시간 속에 눌러앉아 마음껏 우울에 파묻히고 널브러진 잡념들을 가지런히 놓는다. 밝은 사람의 뒤엔 꼭 검은 커튼이 한 장씩 있다고 한다. 나는 그 커튼에 가린 고단한 삶을 몰래 정리하며 살아간다. 괜찮아지기 위하여 괜찮지 않은 일들을 위로하고, 하지 않아도 될 생각들을 충분히 토해내며. 다시 군중들 속에 섞여 지내게 될 나를 위해 힘을 저축하는 시간, 혼란스러운 감정을 비워내는 시간이 내겐 꼭 필요하다.

방 안이 복잡할 때
창문을 열고 청소를 하듯이
마음에도 환기가 필요한 날이 있다.

사랑하는 사람에게
충분히 표현하기

사랑하는 사람에게 사랑한다고 말하고,
고마울 땐 고맙다고 미안할 땐 미안하다고,
서운할 땐 서운하다고 표현하지 않으면,
상대방은 다 알지 못해요.

하고 싶은 말을 참을 줄 아는 인내만큼
전하고 싶은 마음을 바르게 전하는 용기도 필요해요.

부끄럽고 오글거린다고 표현에 인색하거나
서운함을 억지로 참는 습관이 쌓이다 보면
상대는 본인의 기준으로만 당신을 바라볼 수밖에 없어요.

당신의 감정과 생각을 상대방과 나눌수록
당신을 향한 상대의 마음도 더 넓어지고 깊어질 거예요.

친구든 연인이든 가족이든
당신을 충분히 표현하고
상대방의 표현도 충분히 받아들이세요.
그렇게 서로를 더 넓게 품어줄 수 있는 사람이 되길 바라요.

널 만나러 가는
버스

다시 보고 싶은 풍경, 함께 걷고 싶은 길이 있다는 게
얼마나 간지러운 일인지 모릅니다.

어제는 긴 시간 버스를 탔어요. 해가 산 너머로 지는 광경에 스치듯
아롱거리다가 마음이 잔뜩 말랑해졌어요. 하지만 창 아래로 아슬하
게 남은 휴대폰 배터리를 확인하고는 금세 조마조마해졌죠. 이대로
휴대폰이 꺼지면 어쩌지. 비행기 모드를 켜고 휴대폰을 따뜻한 주
머니에 넣은 채 고개를 돌리니 산으로 둘러싸인 작은 마을들을 지
나가고 있었어요. 어둠 속에서 밝고 아기자기하게 불을 켠 집들, 눈
을 몇 번이나 깜빡이고 다시 보니 마을의 불빛을 이은 밤하늘엔 여
태껏 보지 못했던 무수한 별들이 버스 창밖을 휘감고 있었어요. 마
치 모든 빛이 연결되어 있는 듯, 반짝이는 힘이 느껴졌어요. 캄캄하
고 조용한 버스 안의 모든 사람들을 깨워 다 같이 밤하늘을 보며 감
탄하고 싶었어요. 저길 좀 봐요. 너무 아름다워요. 휴대폰 없이도 책
한 권 없이도 전혀 지루하지 않은 순간. 도착할 시간이 될수록 점점
별이 흐려졌어요. 도시에 가까워지고 있단 거겠죠.

이 밤 모든 게 충분했어요.

소중한 사람을 보러 가는 길,
사진에 담지 못한 촉감과 기다림, 그리고 설렘.
모든 것이 얼어붙은 추운 겨울일지라도.

이 순간은 미래의 내가 그리워할 바로 그 순간이 될 테니

지금 이 순간은
또 얼마나 그리워질까

갈수록 곁에 있는 사람들이 소중해지는 것 같아. 아무런 조건 없이 돈독해질 수 있는 사이가 줄어들고 하나의 주제로 신나서 떠들 수 있었던 친구들과 하나둘 흩어지면서 그 시절이 얼마나 큰 선물이었는지 깨닫게 돼. 피곤한 얼굴로 등교를 해서, 쉬는 시간이면 몰래 나가 간식을 사 먹고, 책상에 엎드려서 잠을 자다가도 눈을 뜨면 언제나 시끄럽고 분주했던 교실. 그렇게 재잘거리며 함께 급식을 먹던 시절. 아무 생각 없이 웃고 장난치던 그 시절.

이젠 다들 한 아이의 부모, 한 사람의 배우자, 한 회사의 직원이 되어 점점 더 무거운 어른이 되어가고 있어. 그렇게 각자의 삶을 살아내느라 바빠진 우리는 함께했던 장면들을 혼자 곱씹으며 살아가겠지. 하루하루가 휘발되는 기분이야. 그 사소한 순간들의 사진을 더 많이 남겨둘걸 그랬어. 소박하고 잔잔한 일기를 더 많이 써둘걸 그랬어.

얘들아, 지금 이 순간은 또 얼마나 그리워질까 겁나는 밤이야.

기차를 타고

기차 타는 것을 좋아한다.
비록 다리를 다 펴지 못하고 앉아야 하지만,
우리는 원래 불편하니까.

창문 너머 쓸쓸한 풍경들은
마음에 채 담기도 전에 사라지지만,
우리 삶도 때론
풍경들을 한 장씩 놓아주는 연습이 필요하니까.

가끔
당신에게 기대고 싶지만

나만이 해결할 수 있는 문제 앞에서는 입을 다물게 된다.
강하게 헤쳐나가야지. 어리광 부리지 말아야지.

만일 내가 힘들다고 말하면, 버겁다고 말하면,
내가 느끼는 슬픔이 그들에겐 남의 일로만 느껴질 텐데.
혹은 당신에게 또 다른 짐이 될 텐데.
그럼에도 나를 위로하려고 노력할 텐데.

그럼 나는 더 외로워질 텐데.

감정낭비

대학 시절 학회장이었던 나를 두고 누군지도 모르는 아이가 이상한 소문을 퍼뜨린 적이 있다. 돈을 떼먹었느니 어쨌느니 하면서. 그정도 소문은 돌 수 있다 생각하고 무시하고 싶었지만 계속해서 신경이 쓰였다. 같은 과였던 어떤 여자애는 영문도 모르는 채 걸레라는 소문을 들어야 했고, 이성애자인 남자애는 게이라는 소문이 퍼지는 걸 본인만 모르고 있어야 했다. 이렇듯 집단이 만들어지면 쓸모없이 확장되는 이야기가 떠돈다. 허황된 소문은 한 사람을 숨게만들기도 하고, 때론 죽이기도 한다. 그걸 모르는 게 아니면서 수많은 이들이 잘못을 범한다.

자기공명이라는 말이 있다. 자신의 생각이 자신에게 되돌아오는 현상. 남을 흉볼 때 일으킨 이미지가 결국 본인에게도 안 좋은 영향을 미치는 현상. 그러니 자신에게 좋은 일이 오게 하기 위해서는 남을 칭찬하고 좋은 생각을 하는 습성을 길러야 한다는 것. 좋은 생각이 좋은 일을 만든다. 굳이 시간을 쪼개어 누군가를 힘들게 하는 데 쓸 필요가 있을까. 그렇게 나쁜 사람을 자처할 필요가 있을까.

나를 멋대로 오인하는 이들을
이젠 신경 쓰지 않기로 했다.
믿고 싶은 대로 믿고 말하는 사람들에게
굳이 내 시간을 내어주지 않기로 했다.
그들과 같은 시간,
나는 내 행복을 찾겠다.

네가
없었다면

CHAPTER
4

오늘같이 행복한 날을

상상만 하고 있었겠지

궁금하게 만드는 사람

궁금한 사람이 좋다. 나를 궁금하게 만드는 사람. 솔직하고 깔끔해서 마음을 헷갈리게 하지 않지만, 그럼에도 불구하고 계속 알아가고 싶은 사람. 당신이 가진 취향과 태도, 생각과 꿈을 알고 싶은 사람. 맑지만 지혜롭고, 자유롭지만 바른 사람. 그리고 당신도 나에게 물어봐주었으면 좋겠다. "너는 어떤 걸 좋아해?" "넌 어떤 꿈을 가졌어?" "나는 왠지 네가 궁금해." 하고 말해주면 좋겠다. 물어보지 않아도 알 수 있을 때까지. 우리 사이에 비밀이 적어질 때까지.

그런 사람을
만나고 싶다

취향이 맞는 사람과
편안한 하루를 보내고 싶다.

나의 부족한 점도 안아줄 수 있는 사람과
나를 멋진 사람으로 바라봐주는 사람과
서로의 이야기에 귀 기울여줄 수 있는 사이가 되어
온종일 떠들고 싶다.

좋아하는 영화를 함께 보며
감미로운 음악을 함께 들으며
그렇게 우리만의 세상을 추구하며
따뜻한 품에 안겨 사랑하고 싶다.

그런 포근한 주말을 보낼
든든한 내 편이 있으면 좋겠다.

나의 무표정에 미소를 그려줄 사람이
곁에 있으면 좋겠다.

짝사랑

내가 좋아하는 사람이
나를 좋아해주면 좋겠다.

그 사람에겐 내가,
나에겐 그 사람이
마치 운명처럼 느껴졌으면 좋겠다.

뜸한 연락에 휘둘리지 않게끔
온종일 내 생각을 빼놓지 않고
세상에서 나를 가장 예뻐해주는 사람,

그게 너였으면 좋겠다.

봄

계절이 되풀이될수록 연인을 만날 기회가 점점 줄어든다. 온통 꽃이 피고 봄내음이 가득한 거리에서 내겐 추억을 회상하는 일이 전부다. 오늘 하루 밥은 잘 챙겨 먹었는지, 어젯밤 잠은 잘 잤는지, 요 며칠 자존심 상하는 일은 없었는지 다정하게 물어봐줄 사람. 난 오늘 제육볶음을 먹었는데 네가 한 것보다 맛이 없더라는 둥 심심한 투정을 부려줄 사람. 정말 고생했다고, 잘하고 있다고, 조만간 마음 편한 곳으로 같이 여행 가자고 말해줄 사람. 시시콜콜한 대화를 나누며 끝없는 계단을 함께 오를 수 있는 사람. 그런 사람이 지금 내 옆에 있어주면 좋겠다. 벚꽃이 만개한 퇴근길을 걸으며 그대 이름을 찾아 전화를 걸 수 있도록.

당신이 사랑을
시작하기를

좋은 사람을 만나서 예쁜 연애를 하고 싶지만, 예전처럼 누군가를 만나기 위해 노력할 열정과 용기가 쉽게 생기지 않는 당신. 당신도 한때는 세상에서 가장 애틋하게 느껴지던 특별한 사랑을 했었고, 그랬던 사람과 이제는 남보다 먼 사이가 되어 덧없는 추억만 남아 있을 겁니다. 그렇다고 긴 시간 혼자 주저앉아 있기엔 오늘의 당신은 너무나도 젊고 아름답습니다. 당신도 알다시피, 사랑은 모든 순간을 더욱 설레게 만들어주고 막연한 내일을 더욱 든든하게 만들어주니까요. 그러니 사랑하기 위해서 부단히 노력하면 좋겠습니다. 귀찮더라도 사람을 만나고 취향을 키우며 혹여나 들키고 싶지 않은 콤플렉스가 있다면 남몰래 안아주고 천천히 고쳐주며 작아지고 있던 자신감의 목덜미를 잡아 끌어 올려보세요. 당신의 생각보다 당신은 훨씬 특별한 사람임을 잊지 말고 당당하게 기회를 만들어 나가세요.

누군가에겐 하나뿐이었던 당신, 누가 뭐래도 괜찮은 사람인 당신. 당신에겐 전과 다른 새로운 사랑이 필요해요. 사랑으로 채워질 순수한 추억이 필요해요. 당신이 사랑하던 모습은 어느 때보다 아름다웠으니까요. 그러니 미루지 말고, 이제 내 짝은 없을 거란 생각은 버리고 기다리고 있을 사랑을 위해 한 발짝 다가가길 바랄게요. 맘처럼 안 돼도 괜찮으니까요. 컴컴한 밤하늘에도 흰 구름은 뜹니다. 조용한 별빛이 반짝입니다. 하늘 아래 혼자 사색하며 걷던 길을 이젠 손잡고 함께 걸어볼 때가 되었습니다. 쌀쌀하고 어두운 골목에서 홀로 켜진 카페의 조명 같은, 잠든 아침을 깨우는 달콤한 모닝콜 같은 사랑이 당신에게도 곧 찾아올 겁니다.

잊지 말아야지.
그날처럼 다시 내가 누군가에게 사랑받을 수 있고,
누군갈 따스히 사랑할 수 있는 존재라는 걸.

너에게

걱정하지 마.
너는 분명 좋은 사람 만나게 될 거야.

네가 좋은 사람이니까.

널 위해 노력할게

네 곁에서 오랜 시간 동안 좋은 사람이 되게끔 노력할게.
바깥에서 묻혀 온 얼룩들을 내가 잘 닦아줄게.
과거로부터 가져온 상처들이 모두 아물도록,
나와의 미래에 어떠한 불안도 생기지 않도록 부지런히 사랑할게.
모자람 없이 예뻐해줄게.

사랑은 이겨낼 힘을 주고받는 것.
바깥으로 나갈 수 있는 용기와
안으로 들어올 수 있는 온기를 채워주는 것.
부지런히 건네고 건네받으며 그렇게 사랑하자.

내가 너의 버팀목이 될게.

너에게 해주고 싶은 말

따사로운 햇살이 들어오는 그의 방에 누웠다. 내가 온다고 해서 또 침구를 세탁한 모양이다. 빨래방에서 세탁하고 따뜻하게 건조된 커다란 이불을 품에 안고서 집으로 돌아왔겠지. 아, 상상만 해도 다정한 사람. 정말이지 네 이불은 항상 폭신하고 향기로워. 우리 조금 쉬다가 근사한 데서 저녁 먹자. 그의 품에 안겨 눈을 살며시 감을 때쯤 그가 내 귓가에 속삭이며 말한다. 나는 그 말에 울컥하여 대답을 건네지 못한 채 겉잠에 들었다.

"네가 어떤 삶을 살아왔는지
나는 다 알지 못하지만,
정말 고생했어."

행복하게 해줄게

너는 행복할 거야.

내가 널 행복하게 만들어줄 거니까.

따뜻한 겨울

아침에 정신없이 준비하고 있는 내 옆에 슬쩍 양말을 가져다 놓는 사람. 주말엔 함께 동네를 걷다가 꼭 멈춰 서서 하늘을 찍는 사람. 노랗게 핀 들꽃의 이름을 궁금해하는 사람. 그런 섬세한 사람과 사랑을 나누고 싶다. 잘 구운 스콘처럼 적당히 투박하고 세밀한 당신과 포근한 사랑을 나누고 싶다. 그런 당신이 야근하는 날엔 회사 앞에서 붕어빵을 들고 기다려야지. 그러고는 당신의 주머니에 몰래 핫팩을 넣어줘야지. 그렇게 서로의 온기를 주고받다가 어느새 세상이 따뜻해지는 광경을 당신과 함께 겪어야지.

꽃이
활짝 피기까지

사랑스러운 연애를 하기 위해서는
상대가 점점 작아지지 않도록 서로의 손을 잘 잡고 있어야 해요.
같은 화분에서 자라나는 두 새싹처럼
함께 무럭무럭 자라나기 위해선
서로에게 적당한 양의 빛과 물이 필요해요.

낮이 되면 자연스레 빛이 들어오듯
상대를 향한 자연스러운 믿음과
부족할 때쯤 센스 있게 채워줘야 하는 물처럼
충분한 배려가 필요하죠.

서로가 서로의 양식이 되어
베풀고 사랑하다 보면 어느 좋은 날,
아름답고 향기로운 꽃이 필 거예요.

절대 잊지 않아야 할 것은
서로의 꽃을 바라볼 때마다 달콤하던 눈빛이,
조금씩 무심하고 싸늘한 눈빛으로 변해서
상대를 찌르는 가시가 되지 않도록
처음 했던 노력들을 멈추어선 안 돼요.

언젠가 그 꽃이 지더라도
나 정말 아름다운 사랑을 했구나,
기억할 수 있게끔 말이에요.

사랑은 언제나
많은 것을 가능케 한다

그의 오랜 친구들을 만났다. 그중 한 명은 작은 동네에서 고깃집을 운영하고 있었는데, 우리는 그곳에 모여 술을 마시기로 했다. 간단히 곁들일 수 있는 안줏거리를 사기 위해 다 함께 마트에 들렀다. 한 명은 두리번거리며 카트를 끌고 몇몇은 이게 맛있다, 아니다 저게 훨씬 낫다 연신 입씨름을 하고 있었다. 나는 그의 팔목을 잡곤 그들의 뒤를 졸졸 따라다녔다. 친구들의 언행은 다소 거칠었지만 다행히도 위압감이 느껴지지는 않았다. 그가 친구들 앞에선 한없이 무뚝뚝한 사람이란 걸 알고 있었고, 나 또한 순하고 사근사근한 무드를 갖추진 않았기에.

그런 무뚝뚝한 그가 나를 챙기듯 사뭇 애교스런 말을 건넬 때마다 그의 친구들은 우악스러운 표정을 숨기지 못했다.

"와, 근데 살면서 민기 이런 모습 처음 본다."

"그러니까, 나도 민기 저러는 거 처음 봐."

"야, 이것도 맛있겠다. 봐봐."

그들은 우리를 향해 숙덕이다가 이내 새로 나온 과자에 시선을 빼앗겼지만, 스치듯 지나간 말에도 나는 내심 기분이 좋아졌다. 나만 아는 당신의 모습이 있다는 게, 당신의 애교스런 말투와 행동이 마치 날 만나서 생긴 것처럼 느껴지는 게, 네가 날 특별하게 사랑해주고 있다는 기분이. 그 모든 게 좋았다.

사랑은 많은 걸 변화시킨다.
무뚝뚝한 말투와 차가웠던 표정도
정말 사랑하는 사람을 만나면
언제 그랬냐는 듯
애교스러운 사람이 되는 것처럼.

믿어주는 사이

그가 나를 믿어주는 만큼 나 또한 상대를 믿는 연애를 해야 해요. 신뢰가 쌓이면 표현도 자유로워져요. 애정을 표현해도, 서운함을 표현해도, 불안하지 않은 사이가 되어야 해요. 작은 표현들이 모여 대화가 되고, 대화를 깊게 나눌수록 서로의 많은 부분을 공감할 수 있게 돼요. 서로를 잘 알게 되면 각자의 다른 부분도 인정할 수 있게 되고 다름으로 인한 다툼도 줄어드는 법이니까요. 그렇게 온도가 다른 두 손을 잡고 책임감 있게 걸어가는 사이를 만들어가기를. 당신이 그런 사람과 오롯한 사랑을 하기를. 이리저리 다치는 사랑 말고, 다투더라도 누가 먼저랄 것 없이 손 내밀 줄 아는 착한 사랑을 하기를 바랄게요.

만난 기간보다
그 기간 동안 정말 사랑했느냐가 더 중요하니까.
당신이 서로를 믿어주는 예쁜 사랑을 하기를.

편한 연애

너와의 편한 연애가 좋아.

후줄근하게 웃을 수 있고,
함부로 다정할 수 있어서.

좋아하는 예능을 함께 보며
너의 헝클어진 머리카락을 만지작거릴 수 있어서.
네가 웃을 때 나도 웃을 수 있어서.
익숙하지만 새로운 모습으로 나를 사랑해줄 때,
나도 사랑해줄 수 있어서.

매일 밤 쉽게 잠들지 못하던 내가
네가 옆에 있다는 이유만으로
새근새근 잠들곤 해.

쌓여 있던 긴장을 모두 풀리게 하는 사람,
너는 그런 사람이야, 여전히.

너를 많이
좋아하나 봐

"나 오늘 꿈을 꿨는데 네가 나왔어. 그런데 웬 다른 여자랑 같이 데이트를 하고 있는 거 있지. 꿈은 무의식이 반영된다고 하잖아. 평소에 널 떠올릴 때는 그런 상상을 해본 적이 없는데, 네가 바람피우는 장면을 목격하는 꿈을 꾸고 나니 문득 내가 널 많이 좋아하고 있다는 생각이 들더라. 혹시 네가 날 두고 바람피울까 봐, 혹시 네가 나를 떠날까 봐 갑자기 겁나는 거 있지."

"아, 귀여워. 왜 그런 꿈을 꿨어? 내가 무슨 바람을 피워, 괜한 걱정하지 마."

"절대 그러면 안 돼. 알겠지? 만약 나 몰래 바람피우면 정말 엉덩이를 뻥 차버릴 거야."

"당연하지. 그런 걱정 안 해도 돼. 그럼 내가 언제 죽을지도 걱정해야 하고, 지구가 언제 멸망할지도 걱정해야 하고, 부모님이 우리가 교제하는 걸 반대하는 경우도 걱정해야 하고, 떡볶이 가격이 올라서 데이트할 때 떡볶이 먹는 게 부담스러워지는 날도 걱정해야 하고! 그게 얼마나 피곤한 삶이야. 걱정이라는 게 안 하려고 마음먹는다고 사라지는 것은 아니지만, 마인드 컨트롤을 꾸준히 하다 보면 분명 단단해질 수 있을 거라 생각해. 우선 이 행복에 집중하자. 지금 우리가 이만큼 행복하면 된 거지. 그리고 난 네가 헤어지자고 하지 않는 이상 절대 먼저 네 곁에서 안 떠나. 그러니까 날 두고 괜히 불안해하지 마."

든든한 사랑

우리가 나누는 사랑은
서로의 고단함 뒤에서 순수를 지켜주는 일이겠지.
같은 시간을 좋아하고 다른 모습을 이해하고
내가 충분해지는.

네 손은
따뜻해

너를 만나서 손을 꼭 잡을 때마다 사진을 찍어둔다.

살포시 포갠 우리 두 손을
무릎 위에 올려둔 장면을 남겨두는 일.
우리의 손금이, 우리의 지문이,
우리가 살아온 시간이 나란히 포개어지는 일.

당신이 필요한 이유

행복을 기꺼이 내줄 수 있는 사람이
진정 내가 사랑하는 사람 아닌가.
당신의 행복이 나의 우선순위가 되는 것,
반대로 나의 행복이 당신의 우선순위가 되는 것,
우리가 사랑을 나눈다는 것.

취향의 간극을 좁혀나가며 우리만의 시공간을 만들어내는 것.
이곳에선 우리만의 문제가 생기고 우리만의 해결법이 생긴다.
둘만 아는 웃음과 둘만 아는 눈물이 생긴다.

필요해서 사랑하는 것이 아니라 사랑해서 필요한 사람.
나는 사랑하기에 당신이 필요하다.

사랑을 지키는
대화

"난 네가 표현을 많이 해줬으면 좋겠어. 나한테 서운한 게 있거나 각자의 입장이 다를 때, 네가 어떤 생각을 하고 있는지 나에게 솔직하게 이야기해줬으면 좋겠어."

"난 너와 다르게 생각을 정리할 때까지 시간이 오래 걸리는 편이야. 너처럼 말을 조리 있게 잘하지도 못하고."

"그럼, 내가 많이 기다려줄게. 만약 말할 타이밍을 놓치더라도 언제든 괜찮으니까 나에게 말해줘. 나는 늘 너의 생각이 궁금해. 네가 군이 말해주지 않아도 내가 다 알아챌 수 있다면 좋겠지만, 나한테 꼭 말해줘야만 아는 것들이 있으니까. 내 마음 알지? 난 항상 네 생각을 존중해.

조금씩 서로 연습하자. 이해받지 못하더라도 나의 생각을 제대로 말할 줄 아는 연습. 나와 생각이 다르더라도 상대의 말을 끝까지 들어주는 연습. 정말 사소한 것이라도 너와 맞춰가고 싶어."

우리, 때때로 진솔한 대화를 나누자.
누구보다 견고하게 우리의 사랑을 지킬 수 있도록.

너와의 익숙함마저
소중해서

사랑하는 사람과 맛있는 음식을 나눠 먹는 순간이
앞으로도 나에게 쭉 행복으로 느껴지면 좋겠다.
익숙함마저 소중해서,
행복할 이유가 점점 더 늘어나는 사이가 되면 좋겠다.
너로 인해 나로 인해,
우리라는 단어가 늘 따뜻하게 발음되면 좋겠다.

너는 뭐든
괜찮아

항상 예쁘다고 말해주며 사랑을 표현해주는 사람.
때론 생각지 못한 선물로 나를 웃게 하는 사람.
말하기 전에 먼저 나의 힘듦을 알아채주는 사람.
내 존재의 가치를 높여주는 사람.
내가 휘청일 때 조용히 나를 안아주던 너.

만일 네가 지칠 땐 숨기지 말고 내게 손을 내밀어줘.
나도 기꺼이 네 손을 잡아줄 테니까.

그렇게 우린 서로에게 조금 약해져도 되니까.

사소하고 완벽한
꿈

늦은 점심, 너는 라면을 끓이고 나는 옆에서 김치를 담는 거야.
그러고는 숟가락 두 개, 젓가락 두 짝씩 식탁 위에 가지런히 두고
나는 가만히 네 뒷모습을 바라보고 있는 거지.
당장이라도 뒤로 가서 안고 싶지만 괜스레 참아보는데,
마침 네가 먹음직스럽게 끓인 라면을 두 손에 들고
웃으며 다가오는 거야.
내 모든 날을 완벽하게 만드는 것 같은,
그런 주말을 너와 만들고 싶어.

우리의 관계가 뜨겁고 화려하지 않아도 괜찮아.
다만 오랫동안 너를 내 곁에 두고 싶을 뿐이야.
그래서 우리의 만남이 따뜻하게 쭉 이어졌으면 좋겠어.

어쩌면 사소한 꿈이 삶을 아름답게 만들기도 하니까.

연애의 리듬

우리는 서로를 귀여워한다.
당신이 부스스한 머리로 자다 깼을 때도,
내가 화장을 지우고 이상한 표정을 지을 때도,
다 큰 어른의 덩치로 풀이 죽어 있을 때도.

우리가 연인이 되지 않았더라면
영영 모르고 살았을 또 다른 모습들을 보며,

설레고 불타던 시기는 지났지만
여전히 사랑한다는 말은 아끼지 않으며,

서로의 유약함마저 이해하고
한껏 소탈해져도 괜찮은 사이.

지금처럼 비슷한 리듬으로 사랑을 나누자.

오래오래 바라보며
서로를 귀여워하자.

제주 여행

세계 곳곳을 누비던 그와 여행을 좋아하던 나, 책을 좋아하던 우리, 떡볶이와 라면을 사랑하던 우리가 만나 제주를 여행한다. 비록 하는 일과 살아온 세상은 조금 다르지만, 점점 많은 게 비슷해지고 있다. 우리는 지금 노을이 물드는 해안도로를 달린다. 차 안엔 그가 틀어놓은 음악이 울려 퍼진다. 이거 제목 뭐더라? 콜드플레이의 〈옐로우〉. 아, 좋다… 여기랑 너무 잘 어울려. 네가 좋아해주니까 기분 좋다. 난 내가 사랑하는 사람이 이런 낭만을 느낄 줄 아는 사람이어서 좋아. 그래서 너랑 오는 제주가 가장 행복해. 그건 나도 마찬가지야. 여기서 평생 살고 싶다. 너랑 땅콩 아이스크림 한 손에 들고 바닷바람 맞으면서 걷다가, 밤엔 한량처럼 누워 별이나 세고. 세속에서 완전히 벗어난 우리 둘만의 시간, 진짜 완벽한 여생이다. 맞아, 그럼 완전 행복하겠다. 나는 사실 어디를 가든 너만 있으면 다 좋아. 비가 오거나 잿빛 하늘이 드리워도 소중해. 그리고 우리, 앞으로도 갈 데 많아. 네가 좋아할 만한 곳은 내가 다 데려갈 거야.

만약 그때 널 못 만났다면
난 어떻게 견디고 살았을까?

네가 없었다면
오늘같이 행복한 날을
상상만 하고 있었겠지.

사랑하면
닮는다는 말

자기야, 요즘 들어 우리 보고 닮았다고 하는 사람들이 많더라. 내 눈엔 네가 정말 잘생겼는데, 뚜렷한 눈매에 오뚝한 콧날, 하얗고 고른 치아까지. 부러운 것투성이야. 그래서 우리가 닮았다는 소리를 들으면 너무 기분이 좋은 거 있지. 예전엔 누구를 닮았다는 말이 그다지 좋게만 들리지는 않았거든. 나는 난데, 누굴 닮았든 말든 그냥 나는 나일 뿐인데. 뭐, 이런 삐딱한 생각도 했었어. 그런데 너랑 점점 닮아간다는 말을 들으니까 아, 사랑하면 닮아간다는 말이 이런 거구나 싶더라고. 같이 웃고 슬퍼하면서 같은 근육을 만들어가고 싶은 거. 그렇게 서로의 감정이 점점 깃들며 닮아가는 거. 변해가는 내 모습이 점점 마음에 드는 거. 사랑이라는 게 그런 건가 봐.

그렇게 닮아가자.
옮는 하품처럼 자연스럽게.
닮아가는 게 행복한
그런 사랑을 하자.

당신의
서른 즈음엔

그는 내게 늘 유일하다. 맛있는 음식을 먹여주고 싶어 하고, 좋은 경치를 보여주고 싶어 한다. 그의 이십 대를 함께하는 동안 나는 처음으로 근사한 레스토랑에서 바닷가재를 먹어봤고 난생 처음 보는 다양한 떡볶이를 함께 먹었다. 사랑하는 사람과 바라보는 제주가 이렇게 황홀할 수 있다는 걸 느껴봤고 둘만의 농담으로 하루 종일 깔깔대며 웃을 수 있었다.

그는 내게 휴식 같았다. 지친 일상 끝에 마주하는 아늑한 침대 같았으며, 때론 배앓이를 낫게 하는 어머니의 손처럼 따뜻하게 내 마음을 문지를 때도 많았다. 그가 나의 이름을 다정하게 부를 때, 눈 쌓인 길가에 앉아 나의 이름을 한 글자씩 적어줄 때, 그동안 낯설었던 내 이름이 좋아지기 시작할 때.

그의 이십 대는 내게 그랬다. 항상 내게 사랑을 주었던, 내가 나를 사랑할 수 있게 만들어준 유일한 사람. 마지막 떡볶이를 입안에 꼭 넣어주던, 누구보다 나를 먼저 읽고 와락 안아주던 사람.

그리고 지금은 그의 삼십 대,
내 방 안엔 건네주고 싶은 사랑이 가득 담겨 있다.

오로라

당신은 나를 눈부신 사람으로 만들어준다.

내가 어두워지지 않도록
나를 감싸 안은 채 빛을 내던 당신은,

사랑을 이토록 아름답게 발음하는 사람.

지금 이 순간도 주변이 환해지고 있다.
그 속에서 당신과 내가 쉴 새 없이 반짝인다.

그런 사랑을 해요

우리, 화려한 사랑은 아닐지언정
아름다운 사랑을 해요.

나보다 너를 아끼는 사랑보다는,
나도 아끼고 너도 아끼는
그런 사랑을 해요.

서로 비교하지 않는 사랑을 해요.

서투른 내가
당신을 많이 사랑해요.

앞으로도 잘 부탁해요.

너는 특별해

세상에 더 예쁘고 잘난 사람은 많은데 너는 날 왜 만나, 하고 물으
니 그가 대답한다.

그냥 내 눈엔 네가 특별해. 내가 무슨 생각을 하고 있는지 말하지
않아도 척하면 척이고. 정말 신기하게도 네가 맛있다고 한 음식은
다 맛있었어. 네가 좋아하는 걸 나도 좋아하게 될 때, 내가 좋아하
는 걸 네가 좋아해줄 때 얼마나 행복한지 몰라. 뭘 먹기 전에 굳이
검색해보는 습관도, 잘 때 낮은 베개를 베는 것도 나랑 똑같잖아.
음악 취향이 다르고 영화를 보는 취향이 다른데도 하루 종일 할 말
이 끊이지가 않잖아. 즐겁잖아. 이렇게 작고 소소한 이야기들을 장
난스럽게, 때론 진지하게 나눌 수 있다는 것도 내겐 특별해. 무슨
말이 더 필요할까. 네가 쓰는 향수, 너에게 옳은 단어, 너의 농담마
저도 모든 게 다 매력적인데. 내가 어디에도 없는 사람을 이제야 만
났구나. 그런 사람이 나를 좋아해주는구나. 네 곁에 있으면 나도 함
께 빛나는 것처럼 느껴져. 어디에도 없는 빛, 우리에게만 나는 빛.

포옹

네가 과거에 어떤 사람이었건 괜찮아.

너의 그림자까지
내가 안아줄게.

모든 게 너라서
좋아

고마워.
미안해.
보고 싶어.
사랑해.

아낌없이 속삭일 수 있는 사람.
물드는 노을을 보면 먼저 생각나는 사람.
곤히 잠든 아이처럼 바라보고 싶은 사람.
오래 머무르고 싶은 사람.

그게 너라서 좋아.
따뜻해.

익숙해질수록
되새길 것

그와 나는 연애를 시작하며 하루하루 일기를 남겼다. 우리만 볼 수 있는 공간에 각자의 글을 쓰고 서로가 찍어준 사진을 올려두며 추억거리를 쌓아갔다. 일상에서 느낀 소박한 감정을 남기거나 생일과 같이 특별한 기념일을 자축하기도 했다. 차마 쑥스러워 입 밖으로 꺼내진 못했지만 건네고 싶은 말들을 몰래 적어두기도 했다.

그와 연애한 지 2년이 넘었을 즈음,
일기를 남기는 빈도는 점점 줄어들었고
서로에게 익숙해져 가고 있음을 느꼈다.

하루는 그가 남긴 일기에 이렇게 적혀 있었다.

문득 지은이에게 미안한 마음이 들었다. 아직도 내 마음은 지은
이를 처음 만났을 때와 똑같은데, 나도 모르게 소홀해진 게 아
닐지 갑자기 겁이 났다. 나는 여전히 지은이를 사랑하고 또 사
랑한다. 익숙해지는 것을 항상 경계해야겠다. 익숙함에 속아 소
홀해지는 일이 없도록 말이다.

그의 일기를 읽으며 나 또한 그에게 소홀해지고 있었던 건 아닐까
되뇌었다. 처음 만났을 때와 똑같이 그를 사랑하는데, 연애 초반과
는 다르게 긴장감이 줄었을 뿐인데, 그를 위했던 노력까지 줄고 있
었던 건 아닐까. 나 또한 익숙함에 속아 소홀해지는 일이 없도록 해
야겠다고, 나에게 그는 여전히 소중한 사람이라고 되뇌었다.

너무 사랑해서
불안한 마음

내가 꿈꾸던 사랑에 빠져 행복의 한가운데에 있을 때
당신과 내가 서로의 좋은 점만 바라보며 설렐 때

나는 괜히 불안해지기도 한다.

당신이 나를 더 깊이 알게 되면
그동안 가려졌던 단점들을 하나둘 느끼게 되면
더는 날 사랑하지 않을까 봐.

그렇게 지금의 행복을 상실하게 될까 봐
두려운 마음이 들기도 한다.

꽃이 져도
남는 것

•

CHAPTER
5

그게 사랑이었다

사랑의 온도

사랑은 멀쩡한 나를 아프게 만들었고
무너지던 나를 살려내기도 했다.

권태기

권태기가 온 걸까. 주고받는 연락이 점점 뜸해진다. 그와 나누는 전화 몇 통이 내겐 유일하게 숨 쉴 구멍 같았는데, 요 며칠 그에게 전화가 오지 않는다. 매 계절마다 보내던 편지 또한 오지 않았다. 완연한 봄이 되었는데도.

"근데 오빠 요새 전화를 안 하네. 일주일 동안 전화 안 했는데 알고 있어?"

"그건 너도 마찬가진데…."

"그럼 내가 안 해서 안 한 거야?"

"아니, 그건 아닌데… 자주 못 보니까 솔직히 혼자 권태기가 온 것 같기도 해. 다음 주부터는 나도 바빠질 것 같고, 벚꽃은 이미 졌네."

"… 내가 미안해. 지금 나한텐 연애가 사치인 걸까…."

"사치고 뭐고 그런 건 없어. 전쟁통에도 사랑은 하고 아이는 태어났는걸. 다만 둘이서 잘 견뎌내느냐 못 견뎌내느냐 그 차이일 뿐이야. 일단 나 잘게. 서로 생각 좀 해보자."

그로부터 열흘이 지났다.

"오빠, 뭐 해?"

"누워 있어. 잘 지냈어?"

"이제 바쁜 거 끝냈어. 생각 많이 해봤어?"

"응, 너는? 연락 안 하는 동안 어땠어?"

"뭐, 너무 바쁜 와중에 오빠가 권태감을 느낀다고 하니 속으로는 마음을 정리하고 있었던 거 같아. 날씨도 좋고 벚꽃도 예쁘게 폈는데 오빠랑 데이트도 못 하고 있으니 너무 힘들더라. 다나 때문인 거 알아. 근데 이런 나를 오빠가 굳이 이해해줄 필요는 없는 거니까."

"이해해줄 필요가 없다니, 사랑하는 사인데 당연히 네 상황을 이해해줘야지. 난 사실 최근에 네가 보고 싶다고 할 때마다 진심을 못 느꼈어. 물론 내가 정말 보고 싶었을 수도 있겠지만 정작 만나면 이게 그렇게 간절히 보고 싶어 하는 사람의 태도인가, 싶기도 했어. 하지만 네가 바쁘니까 도움은 못 줄망정 방해는 되지 말아야 한다는 생각에 서운한 감정을 표현하지 못하고, 자꾸 입을 다물게 되더라."

"그런 게 나도 항상 미안했어. 오빠의 숨은 배려가 많이 느껴졌거든. 보고 싶다는 말은 항상 진심이었지만, 정작 만나면 내 체력이 바닥까지 고갈된 상태였으니 오빠가 원하는 내 모습이 나오지 않았을 거야. 빨리 여유를 찾고 행복한 마음으로 만나고 싶단 마음이 컸어."

"그 여유는 언제 와?"

"모르겠어. 당장 우리 기념일인데 지금 뭘 챙겨줄 처지도 안 되고, 예전보다 부족한 선물을 하면 마음이 변했다고 생각할까 봐 부담감도 컸어. 이런 현실적인 문제들은 나 혼자 해결하고 싶은 문제들이니까. 언제 여유로워질지 모르는데, 오빠를 마냥 기다리게 하는 거 자체가 너무 속상하고 힘든 일이라서 뭘 어떻게 해야 할지 잘 모르겠더라."

"…"

"여보세요?"

"무슨 말을 해야 할지 모르겠어. 그냥 뭔가 네 마음이 이해는 돼서. 난 사실 혼자 마음을 정리하고 있었단 말이 오히려 이해가 안 돼…. 그렇게 쉽게 정리가 되는 거야?"

"쉽게 정리가 될 만큼 아무렇지 않은 게 아니라 만일 오빠의 마음이 식었다면 나도 마음을 정리하고 혼자 감당할 수밖에 없겠다고 생각한 거야. 오빠한테 너무 미안하니까."

"왜 너는 자꾸 혼자서 다 감당하려고 해? 같이 감당할 문제잖아. 다 네 탓도 아니고, 권태감이 들었다고 해서 너를 사랑하지 않는 건 아니잖아. 함께 잘 이겨내고 싶었던 거지. 나는 너한테 딱 그 정도인 거야?"

"나는 오빠가 예전과 다르게 편지도 안 보내고 전화도 하지 않기에 나에 대한 마음이 변한 줄 알았어. 오빠는 분명 내겐 소중한 사람이지만 그건 내 감정에 불과하니까. 내 감정을 혼자 제어하려고 한 거야. 오빠는 여전히 나한테 보고 싶고 의지하게 되는 존재인데, 내가 이리저리 지쳐서 행동으로 표현을 다 못했던 거 같아. 미안해."

"아니야, 나한테도 넌 여전히 소중해. 이렇게 솔직하게 다 말해줘서 정말 고마워. 내 탓이야. 내가 잘했으면 너도 미안한 마음 안 들었을 거야. 네가 안 불안하게끔 내가 더 잘해줬어야 했어. 전화도 자주 했어야 했고."

"일하면서 감정 소모하는 것도 싫었고, 더 슬퍼질까 봐 겁났어. 이제 누가 나에게 거리를 두면 해결하려고 하기 전에 먼저 내 울타리 밖으로 내보내려고 하나 봐…."

"너도 관계에 대해 힘을 좀 뺄 필요가 있어. 거리를 두면 거리를 두나 보다, 다가오면 고마운 거고…. 물론 나한테는 그러면 안 돼! 아, 시원하다. 난 이제 복잡했던 생각이 다 정리됐어. 난 널 여전히 사랑해. 난 이제 더 잘해볼 거야. 너는 어떻게 하고 싶어. 정말 정리할 생각이야?"

"아니야, 그렇게 말해줘서 진짜 고마워 오빠. 나도 왜 진작 솔직하게 터놓지 못했을까, 라는 생각이 들어. 이렇게 쉽게 풀릴 수 있는 문제를. 나도 더 잘할게. 오빠, 사랑해."

*"정말 사랑해. 그런데 있지, 돈과 시간은 없으면 없는 대로 아껴
쓰면서 만나면 돼. 그리고 내가 있잖아."*

긴 대화 끝에 우리는 서로의 엉킨 생각들을 정리할 수 있었다. 사랑
하는 사람에게 무언가를 털어놓는 일이 늘 어려웠다. 그가 내 무른
감정을 오롯이 이해하고 감당해야 하는 상황이 생길까 봐. 나의 진
심이 제대로 전달되지 않으면 어쩌나, 하는 두려움 때문에 더 망설
였는지도 모른다. 말하지 않았다면 그는 아무것도 모르고 혼자만의
서운함을 쥐고 있어야 하는데 말이다. 이렇게 또 깨닫는다.

관계에서 느끼는 두려움을 혼자 감당하려 하지 말고 사랑하는 이와
나누자고. 모든 게 해결되지 않는다 해도 함께 이겨낼 수 있다고.
그럼 우린, 더욱 돈독해질 수 있다고.

내 혼란을 너에게 털어내서 미안해.
아무도 망칠 수 없는 너의 세상에
내가 들어가서 미안해.

네 혼란을 나에게 나눠줘서 고마워.
누구도 없던 나의 세상에
네가 들어와줘서 행복해.

작은 일도 같이 이겨내고 견뎌내자.

우리 사랑은
변하지 않을 수 있을까

우리는 바스락거리는 하얀 이불 위에 나란히 누워
야경이 일렁이는 창밖을 바라보며 대화를 나눈다.

"예전에 아르바이트를 할 때 같이 일했던 친구들이 있었어. 개
중에 오래 사귄 커플이 있었거든? 그런데 항상 서로를 사랑하
고 있다는 게 느껴지더라. 그렇게 오래 만나면 자칫 건조한 사
이가 될 수 있는데도 불구하고 말이야."

"정말? 그 사람들은 만나면서 싸운 적 없대?"

"모르겠어. 물어보진 않았지만 싸운 적이 있다 하더라도 잘 헤
쳐나갔을 거 같아. 바라보는 것만으로도 기분이 훈훈해지는 거
있지. 아, 나도 나중에 연애하면 저렇게 오랜 기간 만나더라도
사랑이 동나지 않았으면 좋겠다. 그런 생각이 들더라."

잔잔한 미소를 지으며 말하던 그는 말을 계속 이어갔다.

"난 오래 만나면 변할 수밖에 없다고 생각해왔거든. 극소수의 사람들이 아니고서야, 처음 만날 때의 설렘과 긴장이 만날수록 줄어드는 건 분명 사실이니까."

"나도 그렇게 생각하긴 해. 그래서 너도 변할 거란 소리야? 무심하게?"

"그 상황이 되어보지 않은 채로 나는 변할 거다, 변하지 않을 거다, 속단할 수는 없지만 한 가지는 책임지고 말할 수 있어."

"뭔데?"

"우리가 아무리 익숙하고 편한 사이가 되더라도 오늘의 대화, 오늘의 감정을 항상 잃지 않을 거라는 거. 네가 얼마나 소중한 사람인지, 내가 그려왔던 연애가 나로 인해 무덤덤해지는 일 없도록 늘 기억할 거야."

그는 그렇게 말했다. 내가 알던 그는 절대 책임질 수 없는 말을 내
뱉는 사람이 아니었다.

내겐 더없이 진실되고 현명한 사람.

하지만 그는 알았을까.

비단 자신이 변할 수도 있다는 가능성을 열어두는 것이

내겐 불안으로 다가왔다는 것을.

그가 말한 극소수의 변치 않는 사이가 되고 싶었다.

우린 과연 사랑이 동나지 않는 사이가 될 수 있을까.

그가 바라보던 다정한 연인처럼 우리도

누군가에게 귀감이 되는 연애를 이어나갈 수 있을까.

하물며 나 또한 오랜 연애를 하더라도

변하지 않는 사람이 될 수 있을까.

꿈

온몸을 포옹하는 말투, 악수처럼 주고받던 배려,
무뎌졌다.
시간이 지나자 꿈에서 깼다.
아침도 밤도 아니었다.

꿈을 꾸고 있다는 건
왜 눈을 떠야 알게 될까.

얼굴

한참을 울게 만드는 얼굴이 있다.
그 앞에서 우리는
조용히 견디거나 무너진다.

좋았던 사람으로
기억되는 것

우리는 헤어졌다.

그는 내가 진심으로 잘되길 응원한다며
꼭 좋은 사람을 만났으면 좋겠다고 했다.

예전엔 그가 이런 말을 했었다.

　"그런 일이 없으면 좋겠지만
　혹여나, 우리가 헤어지게 된다면
　서로를 떠올리게 될 거야.
　그때 너에게 내가 정말 좋았던 사람으로 기억되는 거,
　그거 하나면 나는 충분해."

네가 한 말을 기억 속에서 꺼내어
활자로 남기고 있으니 괜히 눈시울이 붉어진다.

넌 이제 충분하겠구나.

너는 정말 좋은 사람이었어.
고단한 삶에 끼어든 행복한 꿈처럼.

슬픈 추억

떠오르는 바다의 눅눅한 장면들.
석양을 내어준 하늘 아래 한없이 부딪히고 쓸리던 나는
파도처럼 금세 시원한 척 뒤돌아 걷다가도
젖은 장면 속에 움츠러들기 일쑤였다.
웃음은 울음의 연습일 뿐.

믿었던 사람 #1

수진이와 같은 과 선배인 선우는 연인 관계다. 수진이는 사교성이 좋고 활발해서 사람들에게 쉽게 다가가는 반면 선우는 조용하고 내성적인 성격. 이들은 선우의 고백으로 사랑을 시작했다. 겉으로 보기엔 밝고 쾌활한 그녀는 사실 누군가에게 쉽게 마음을 열고 자신을 드러내는 걸 어려워하는 사람이다. 거기다 수진이는 선우에게 아무런 호감도 없었다. 그런 그녀에게 선우는 끝없이 애정 공세를 했다. 결국 둘은 연인이 되었다. 그들 사이엔 장난기 많고 귀여운 후배 하나가 있었다. 후배에겐 잘생긴 애인도 있었거니와 수진이와 가장 친한 동생이었기에 그들을 응원하고 잘 따랐다.

그렇게 두 사람은 2년을 만났다. 선우는 2년 기념일이 되자 여느 때와 같이 사랑한다는 말이 범벅된 손편지와 선물을 그녀에게 건넸다. 뜨겁고 애틋한 밤과 함께. 어느새 수진이에게 선우는 세상 하나뿐인 내 편이 되어 있었다.

그런데 일주일 뒤, 선우는 수진에게 이별을 고한다. 사실 그간 많이 지쳤다며 마음 정리를 다 했으니 잘 지내라며. 그녀는 그의 갑작스러운 태도에 몇 날 며칠을 힘들어했다. 밥도 제대로 먹지 못한 채 그를 잡아보기도 했지만 돌아오는 반응은 냉랭했다. 그 와중에 믿고 싶지 않은 소문이 돌기 시작했다. 선우와 어린 후배 사이에 뭔가 있는 것 같다는. 도무지 그 말을 믿을 수 없었던 그녀는 후배에게 연락했지만 후배는 바쁘다는 핑계로 만남을 미뤄왔다.

결국 수진이와 후배는 며칠 뒤에나 만날 수 있었다. 후배는 평소와 다름없이 그녀에게 장난을 치며, 그녀의 눈을 똑똑히 바라보며 말했다.

"언니, 그냥 선우 오빠가 헤어졌다고 힘들어해서 들어줬어. 별말도 안 했는데 언니가 오해할까 봐 나도 걱정했어."

대화를 주고받다 보니 그녀는 후배에게 괜한 오해를 하고 있었다는 생각이 들어 안도했다. 며칠 내내 무거웠던 그녀의 마음이 후배의 변함없는 태도 앞에서 사그라들었다. 후배와 인사를 하고 카페에 혼자 멍하니 앉아 있는 그녀에게 학교 앞 노래방 사장님이 메시지를 보냈다. 평소 수진이가 언니라고 부르며 친하게 지내던 단골 노래방 사장님이다.

"수진아, 선우랑 그 후배 지금 같이 노래방 왔어. 저번에도 같이 오더니."

그녀는 억장이 무너졌다. 끝까지 믿고 싶었고, 믿으려 했던 두 사람이 나를 단단히 속이고 있었구나. 나를 똑바로 쳐다보며 말했던 후배가 소름 끼치게 미웠다. 이미 이방인이 되어버린 듯한 그녀는 뭘 어떻게 해야 할지 모르는 채로 며칠의 시간을 보냈다. 학교에 있는 많은 사람들이 그녀를 불쌍하게 보는 것처럼 느껴졌다. 선우와 후배가 예전에도 몰래 같이 밥을 먹고 있었다는 둥, 그것 말고도 그녀에게 몇 번의 거짓말을 쳤다는 둥, 그녀의 연애사는 많은 이들의 안줏거리가 되었다.

참지 못한 그녀는 선우에게 바람을 피운 거냐고 연락을 했다. 그는 도리어 화를 냈다. 바람이 아니라고, 만난 지 이틀 됐다고. 그리고 이제 너랑 상관없는 거 아니냐며. 수진이는 화가 치밀었지만 참을 수밖에 없었다. 똑같이 난리를 치면 이 사람이 나를 더 지긋지긋하게 생각하겠지. 이미 헤어진 사람에게 애꿎은 집착을 하는 사람처럼 보이겠지. 그녀는 이 모든 걸 어떻게 해야 할지 몰랐다.

그럼 그날 내게 쓴 손편지는 도대체 무엇인지
왜 사랑한다는 눈빛으로 내 몸을 만진 건지
그런 사람이 며칠 만에 이렇게 바뀔 수 있는 건지
도무지 이해가 되지 않는 것들을
그녀는 혼자 삼키고 울어야 했다.

믿었던 사람 #2

믿었던 사람들의 배신, 그 사달이 난 후 한 달이 흘렀다.

같은 학교를 다니고 있었지만, 그들이 수진이를 피해 다녔는지 몇 번 마주치질 않았다. 다행히 수진이도 주변인들의 숱한 위로와 챙김 덕분에 다시 평범한 일상으로 돌아올 수 있었다. 하지만 여전히 상처받은 마음과 몰아치지 못한 후회를 떨쳐내진 못했다. 어느 날 그녀는 수업을 듣기 위해 학교 엘리베이터를 기다리고 있었다. 마침, 엘리베이터에서 선우가 내렸다.

2년 전, 그녀에게 너를 너무나도 좋아한다고 잘해줄 수 있다고 수없이 고백하던 때로 돌아간 듯한, 어설프게 꾸며 입은 옷. 그녀와 데이트할 때 뿌렸던 향수. 그녀가 칭찬했던 헤어스타일. 모든 게 수진이를 사랑할 때의 모습과 같았다. 그들은 서로의 눈을 피했다. 선우는 엘리베이터에서 내리고, 그녀는 닫히는 문 사이로 선우의 뒷모습을 바라봤다.

그의 가상한 노력이 그녀가 아닌

발칙한 후배에게로 향한다는 사실이

슬프도록 미워서 모든 걸 부정하고 싶었다.

세상에 이제 내 편은 없을 것 같았다.

초라해졌다.

비참했던 연애의 결말을 딛고, 대학을 졸업한 수진이는 다행히도 좋은 사람을 만나 오랜 연애를 하고 있다. 이 사람도 마찬가지로 처음에만 다정할까 봐 겁이 났지만, 이젠 누군가를 쉽사리 믿지 못할 것 같았지만, 현재의 애인은 변함없이 그녀 곁에서 좋은 사람이 되어준다.

그땐 그랬다. 왜 나한테만 이런 일이 일어나지. 외로운 생각을 멈출 수가 없었던 그녀는 서서히 주변을 둘러본 뒤 이미 많은 사람들이 비슷한 경험을 했다는 걸 깨달았다. 바람을 피우고, 사람을 배신하는 일들. 그녀에게 상처를 준 그들에게 똑같이 언성을 높이고 욕설을 퍼붓지 않았던 것은 사실 그녀 자신을 위해서였다. 빨리 정신을 차리고 그녀의 인생을 살아가기 위한 선택. 그런 놈인지 그때라도 알게 되어 다행이었다며. 덕분에 연애를 할 때 이성을 보는 눈이 더 길러졌다며.

"나 사실, 요즘도 그 사람과의 추억을 없애고 싶어. 가끔 그때로 돌아간 것처럼 기억이 선명해질 때가 있어. 그땐 그 사람을 너무 좋아했으니까. 그래서 더욱 슬퍼하는 내 모습이 떠올라. 밥도 못 먹고 살은 쪽 빠지고. 모두가 나를 불쌍하게 보고 있고. 주변에서 '쟤도 잘못이 있겠지'라는 생각을 할까 봐 무서워했던 나, 그런 과거의 나에게 몇 번이고 말해주고 싶었어."

네가 잘못한 것도 아니고 네가 못나서도 아니라고.
너를 속인 사람들이 나쁘고 못난 사람들이라고.
비록 아픈 상처가 있지만,
다시 사람을 믿어도 된다고.
다시 한 번 세상을 믿어도 된다고.

결국
그리될 것들

헤어짐은 아직도 익숙해지지 않는다.

정 때문인지, 이별 후 닥칠 외로움 때문인지
분명 헤어지는 게 마땅한 만남이었지만
쉽게 헤어지지 못하고 질질 끌었던 시간들.

오랜 미래를 함께할 것처럼 나눈 대화와
너와 손잡고 거닐었던 계절들,
영영 사라질 것 같은 두려움이
이제껏 내 발목을 붙잡았다.

하지만 결국 우리는 헤어졌다.

술에 잔뜩 취한 채로 잠들고 싶은 밤이지만,
나도 모르게 네게 연락을 할까 봐 겁이 난다.

며칠만 힘들면 무뎌지겠지 하고
깜깜한 기분을 참아보는 지금,
지금 이 순간을 견뎌내는 게 너무 버겁다.

이 와중에도 네가 내 생각을 하고 있었으면 한다.
나를 서운하게 만들었던 행동들을,
나를 지치게 했던 말들을,
다시금 생각하고 있었으면 좋겠다.

그래, 잘한 선택이다.

견디기 버거운
이별이겠지만

오랜 연인과의 이별은
가장 친한 친구를 잃는 것과 같아서
당신이 예전과 다르게 변했더라도
나는 쉽사리 그 끈을 놓지 못한다.

연애 초반과 다르게 변해버린 애인의 말투는 상대를 더 외롭게 만든다. 싸우는 것도 지쳐버렸거나, 싸울 용기가 없는 미지근한 연인들. 우리 사이에 과연 사랑이 조금이라도 남아 있는 건지, 예전에 했던 달달한 연애를 가엽게 회상하기만 해야 하는 건지. 풋풋한 커플들을 볼 때면 괜히 부러워진다. 그렇다고 헤어지는 건 두려운 일이다. 어떻게든 버티며 살아가고 있는 일상이 모조리 흔들릴 것 같아서. 이별엔 약이 없으니. 그냥 처음처럼 다시 사랑받고 싶은 마음뿐이다.

변해버린 그 사람은 이제 나를 전혀 사랑하지 않는 사람의 말투로 대답한다. 어떻게 그렇게 무심해질 수 있는지 모르겠다. 변했다. 그도 변했고, 나도 변했겠지. 그 사람과 헤어지고 새로 누군가를 만나는 일이 두려운 것도 마찬가지다. 결국 또 서로에게 익숙해져서 변할 텐데, 그게 다른 사람과도 반복될 텐데. 그래도 그 사람은 내 모든 걸 아는 사람인데, 있는 그대로의 나를 예뻐해주던 사람인데. 헤어지라는 게 쉬운 말 같지만 지금 내겐 가장 어렵다.

힘든 사랑도 사랑이라지만,
당신은 너무 오래 아파했다.
이미 변해버린 관계에 몸을 기울이고 있다가,
앞으로의 날들을 놓치는 일은 없기를.

나만 놓으면
끝나는 관계

끝이 보이는 관계라는 걸 알면서도
내가 억지로 연락을 이어가고 있다는 것도
그 사람은 더 이상 나를 좋아하지 않는다는 것도
다 알면서, 희망을 놓지 못하는 당신.

마음을 접으려 할 때마다 흔들어놓는 그 사람은
당신이 그 끈을 놓지 않으면
더 큰 상처를 주고 떠날 거예요.
당신은 정이 많고 정에 약한 사람이니까.

당신에게 온전히 응답하지 않는 그 사람의 행동에
자존심도 상하고 오기도 생길 거예요.

처음엔 이 정도로 사랑하진 않았던 그 사람.
이제 와 그 사람의 마음을 완전히 가지고 싶은 건
사랑이 아니라 오기일 때가 많아요.

이제 변함없이 날 좋아해주는 사람을 만나서
사랑받으며 살아도 돼요.

이제 그만 지나간 달력을 뜯어내듯,
그 사람도 놓아줘요.

상처받고 있기엔 아까운 당신,
이번엔 당신이 먼저 그 끈을 잘라버릴 때예요.

꽃이 져도 남는 것

미련

그가 없는 집 안에서
그와 읽던 책을 읽는 것.

내가 모두 동날 때까지.

꽃이 져도 남는 것

이별한
다음 날

남들과는 다른 특별한 사랑을 하고 있다고 생각했던 나의 연애도 결국 남들과 비슷한 이유로 헤어지게 되었다.

헤어진 다음 날, 그 사람과 마지막으로 나눈 대화가 꿈처럼 아른거린다. 물론 잠도 설쳐서 몇 번이나 깬 채로 휴대폰을 봤다. 우리가 나눴던 메시지를 보고 또 보고, 그의 SNS도 몇 번이나 기웃거리며. 그 사람이 나를 떠올리고 있는지 지금은 뭘 하고 있는지 무슨 생각을 하는지 하나도 알 수 없게 되었다는 사실이 실감 나지 않는다. 지금쯤이면 그의 연락이 와 있을 시간인데, 우리의 대화는 잘 지내란 말로 끝이 났다.

다시 잡고 싶은 충동도 참을 수밖에 없다. 이대로 돌아간들 사이가 다시 좋아질 것도 아니니. 꼭 나만 애타고 슬퍼하는 것처럼 느껴진다. 그에게 나는 이것밖에 안 되는 거였나, 나를 그 정도로만 사랑한 거였나, 하는 부질없는 생각도 든다. 싸우고 화해했던 것처럼 이번에도 잘 풀었다면 좋아질 수 있었을까. 자꾸만 헤어진 날로 돌아가서 헛된 상상만 늘어놓는다.

내가 이런 상태라고 누구에게 말하는 것도 창피하다. 몇 번이고 겪은 이별인데 아직도 똑같다니. 얼마 전까지만 해도 잊고 살았던 기억들이 수면 위로 떠오른다. 그 사람이 나에게 너무도 잘해줬던 기억, 방 안 곳곳에 있는 그의 선물, 그러다 또 그의 SNS에 들어가본다. 뭐라도 바뀐 게 있나. 마치 중독된 사람처럼. 너는 벌써 나와의 추억을 모두 삭제했구나. 마치 내가 알던 사람이 아닌 것만 같다. 순식간에 낯선 사람처럼 느껴진다.

우리가 이렇게 쉽게 남이 될 관계였나. 나는 이제 지인들에게 왜 헤어졌냐는 질문을 받아야 하고, 잘 헤어졌다는 격려를 받아야 하고, 더 이상 그 사람이 내 삶에 없다는 걸 믿어야 하고, 내가 못 해준 것들을 악몽처럼 떠올려야 한다. 나를 가장 사랑해주던 그가 떠나니 나는 어디에서도 사랑받지 못할 것만 같다. 며칠을 견디면 정말 괜찮아질까.

네가 떠나고 나니
멜로디만 듣던 노래의
가사가 들리기 시작한다.

나에게 보내는
편지

보고 싶은 사람이 눈앞에 아른거리는데 볼 수가 없다. 사라진 버팀목이 나의 유일한 낙이었을까. 나약해진 내가 연한 종이 같다. 쉽게 찢어지고 젖는 종이. 그냥 당신이 보고 싶다. 예전처럼 나를 행복하게 만들어줬으면 좋겠다. 봄은 슬프다. 슬픈데 위로해줄 당신이 없다. 나 없이도 행복할까. 나는 왜 이렇게 혼자 남았을까. 기댈 곳도 없는 채, 사랑할 곳을 잃은 채. 적막한 강 위에서 혼자 노를 저으며 어딘가로 향하는 기분. 여기가 어딘지는 나도 몰라. 하지만 언젠가 도착할 거야. 어디로 가는지 몰랐던 나를 추억할 거야. 모든 아픔이 미화될 거야. 나의 혼란이 질문이었다면 나는 이렇게 대답할 거야.

너무 아파하지 마. 나 지금 꽤 괜찮은 곳에 와 있어. 이제 행복해. 그러니까 너무 어두워지지 마. 여기는 꽤 밝은 곳이야.

참 좋았던
시절

너와 헤어진 지 오래되었는데 왜 내일 당장 만날 수 있을 것만 같을
까. 네 머리를 쓰다듬을 수 있을 것 같고 웃으며 바라보는 너를 감
싸줄 수 있을 것 같고. 각자의 환경에 적응하느라 너도나도 예전의
모습은 아니겠지만, 연락을 하면 언제 헤어졌냐는 듯 예전처럼 대
화할 수 있을 것만 같다. 문득, 네가 무엇을 하고 사는지, 너에게 우
리의 추억은 어떤 모양으로 남아 있을지, 그리고 가끔 나를 떠올리
긴 하는지, 궁금하다.

내가 가장 순수한 마음으로 좋아했던 사람.
그래서 내겐 사라지지 않을 너와의 시절.
참 좋았다.

네가 선물한
화분

아직 우리 집엔 네가 선물한 화분이 있어. 처음 그게 우리 집에 온 날 나는 여기에 놓고 싶은데, 넌 자꾸 저기가 낫다고 고집을 부리는 바람에 별거 아닌 걸로 다투다가 결국 내가 양보했었지. 우리가 헤어지고 난 후엔 그 화분을 옮겼어. 내가 두고 싶었던 곳으로. 얘는 잘못이 없는데 버릴 수는 없으니까. 그런데 옮겨도 개운하지가 않더라. 원하던 데로 옮기고 나니 원래 있던 자리가 텅 비었어. 저기는 뭐로 채워야 하지.

이제 이 화분은 어디에 있어도 어색한데.

그게
사랑이었다

누구보다 나를 잘 알던 사람과 남만도 못한 사이가 되는 걸 반복하
다 보면 관계의 끝을 염두에 두고 만나게 된다. 그러면 어느 순간 그
끝이 더 이상 슬퍼지지 않는다. 슬픔을 예습하는 것. 이별에 무던해
지기 위한 노력을 하는 것이다. 상처받기 두려운 마음에 관계의 루
틴을 끝없이 주입하며 더 이상 영원을 기대하지 않기로 했다. 자연
히 온 마음을 내주고 매달릴 일도 줄어들었다. 그렇게 되도록 애썼
다. 하지만 그럼에도 앞선 노력들을 모두 물거품으로 만드는 것,

그게 사랑이었다. 자꾸만.

희망을 안고
살아가기

세상엔 어려운 게 너무 많다.

그저 좋게만 생각했던 사람에게
누구보다 큰 상처를 받기도 하고

믿었던 사람에게
기대고 있었던 어깨가
허공으로 비참히 떨어지기도 하며

이게 아니면 안 될 것 같았던 길이
갑자기 바뀌어버리기도 한다.

알다가도 모를 세상에는
아직 수많은 상처와
그리고 사랑이 남아 있다.

앞으로 설렘은 없을 것 같던 마음을
쿵쿵 뛰게 만드는 사람을 만나게 되거나

일어서지 못하고 넘어져 있는 내게
손 내밀어주는 사람이 나타나기도 할 것이다.

그런 이유로 나는
수없이 무너져도 꿋꿋이 살아가려 한다.

너무나 슬펐지만
언제 그랬냐는 듯
행복해질 때가 오기도 하듯이.

안간힘으로 살아온 우리를
포근히 안아주며
모든 어려움과 긴장을 녹여줄
그런 일들도 분명 찾아올 거라 생각하며.

너를 잃지 마

오지 않는 연락을 기다리지 말고 네 연락을 기다리는 사람을 만나.
그 사람 앞에만 서면 작아지는 네 모습을 보면,
충분히 사랑받을 수 있는 존재인데도
부질없는 관계에 매달리는 네 모습을 보면,
마치 내 예전 모습을 보는 것만 같아서 마음이 아파.
너를 더 좋은 사람으로 만들어주는 사람과
너를 더 멋진 사람으로 바라봐주는 사람과
앞으로 펼쳐질 소중한 시간을 보냈으면 좋겠어.
좋은 관계 속에서 우리가 얼마나 큰 배움을 얻는지
너도 잘 알고 있잖아.

네가 얼마나 매력적인 사람인지
생각보다 많은 사람들이 알고 있다는 걸 잊지 마.
이미 엇갈린 관계에서 희미한 희망은 그만 품고,
애매하고 무책임한 관계에서 힘들어하지 말고,
네가 좋아하는 일들을 하며 너의 가치를 높여가다 보면,
분명 너처럼 멋진 사람과 영원하고 싶은 사랑을 하게 될 거야.

지금은 좋은 사랑을 하기 위한
자양분 같은 시간일 뿐이니,
너는 너답게 살아가기만 하면 돼.
그러니 절대 작아지지 말고,
어느 순간에도 너를 잃지 마.

꽃이 져도 남는 것

그게
너였으면
좋겠다

1판 1쇄 발행 2021년 4월 26일
1판 8쇄 발행 2024년 5월 20일

글 · 그림   일홍

펴낸이   김봉기
출판총괄   임형준
편집   이미아
디자인   onmypaper
마케팅   선민영, 임정재, 조혜연

펴낸곳   FIKA(피카)
주소   서울특별시 서초구 서초4동 서초대로77길 55, 9층
전화   02-3476-6656
팩스   02-6203-0551
이메일   book@fikabook.io
등록   2018년 7월 6일(제 2018-000216호)

ISBN   979-11-90299-22-0   03810